Le Voyage à Paimpol

Qui n'a jamais songé à tout quitter ? Pour toujours ou ne serait-ce que pour quelques heures. Regarder sa propre vie de loin, fuguer, s'identifier à quelqu'un d'autre.

Ouvrière à Saint-Brieuc et mère de famille, Maryvonne disparaît en laissant un petit mot sur la table de la cuisine. Elle ne prend pas les chemins de Katmandou mais ceux de Paimpol. En autocar. Et c'est dans sa tête, surtout, que l'aventure survient alors... Elle « rencontre » tour à tour sur sa route Marilyn Monroë, une révolutionnaire, un représentant de commerce, une coiffeuse, des délégués syndicaux, un journaliste... Le quotidien dérape ; les personnages de notre comédie humaine ne se ressemblent plus vraiment. Ils déroutent à présent.

Le dénouement aussi.

Née le 21 novembre 1953, à Lagny (Seine-et-Marne), Dorothée Letessier obtient son baccalauréat en 1971 et devient secrétaire à Paris. Puis elle part vivre en Bretagne, à Saint-Brieuc, où, de 1976 à 1980, elle travaille comme O.S. aux établissements Chaffoteaux et Maury. Elle conçoit et écrit alors le Voyage à Paimpol.

DU MEME AUTEUR

Dorothée Letessier

Le Voyage à Paimpol

roman

Éditions du Seuil

En toute simplicité, merci
à Jean-Pierre Barou, qui a
permis que ce livre existe.

TEXTE INTÉGRAL.

EN COUVERTURE : illustration Sylvie Saulnier.

ISBN 2-02-005869-3.
(ISBN 1re publication : 2-02-005536-8.)

© ÉDITIONS DU SEUIL, 1980.

Aux ouvrières de Chaffoteaux

chapitre un

> « J'étouffe, je vais prendre un bol d'air.
> A bientôt, je t'embrasse. Maryvonne. »

Je me demande si j'ai bien fait de laisser ce
mot sur la table. Dans le fond, je n'ai pas de
comptes à rendre. Si, pourtant ! On vit ensemble, même maison, même boulot, même lit, même
enfant, on se doit certaines informations. Je n'aimerais pas qu'il parte sans m'avertir.

J'aurais peut-être dû expliquer mieux ce que
je ressentais. L'ennui, c'est que je ne le sais pas
trop moi-même. J'ai besoin de respirer, seule.
Il me prend mon air. Je n'ai plus d'air à moi,
je n'ai que l'air qu'on me donne, l'air maussade.
J'ai l'air de rien. Même mes colères doivent se
fondre dans les convenances. A l'usine je dis vivement cinq heures ! mais je reste polie, raisonnable, disciplinée. En silence, je déteste ces appareils qui n'arrêtent pas de me passer dans les
mains, jour après jour. Cela n'en finit pas, on
dirait que c'est chaque fois le même. Je pose

ma pièce, quatre vis, je serre un boulon. Jamais le dernier. Ces pièces qui vont je ne sais où, qui ne me sont rien que des blessures aux doigts, je les hais. Mais je contiens ma colère. Elle vit pourtant, magnifique, en moi. Je l'emprisonne. Je me dompte. Je n'ai que des mouvements d'humeur et des agacements misérables, alors que je voudrais hurler. J'aimerais laisser fleurir, libre, ma belle colère. Je la sens s'épanouir, rouge et chaude. Je me gave de fureur. Je leur en veux tellement à tous ceux qui m'enchaînent. Ma haine est énorme, démesurée, elle me dépasse, me prend dans ses bras, me berce de paroles mauvaises. J'ose enfin être méchante et ma colère est volupté.

Ils ne savent pas les autres et lui non plus, mon mari, de quoi je suis capable, moi qui ne ferais pas de mal à une mouche.

Au début, il croira que je suis simplement allée balader mon vague à l'âme et que je vais rentrer pour dîner. Il va penser : « Cela lui fera du bien de marcher un peu. Elle aura meilleure mine et sera de bonne humeur. » Il prendra le temps de lire les journaux en sirotant une bière.

Puis, il fera manger son fils en lui disant : « Maman viendra t'embrasser dans ton lit. » Il ne commencera à se poser des questions que quand il s'apercevra qu'il est huit heures et que je ne suis pas en train de préparer le repas.

J'aurais dû écrire : « Je ne rentrerai pas ce soir. »

Et si je rentre ?

J'aurai l'air con.

10

Il va m'attendre. Téléphoner chez des copains pour savoir où je suis. Le temps passant, il va imaginer qu'il m'est arrivé quelque chose, que j'ai eu un accident, que j'ai été enlevée, violée ou autre. Il fait nuit depuis longtemps.

Cela me plaît de l'imaginer, seul, inquiet, se demandant ce que je fabrique. C'est bien fait pour lui. Qu'au moins il s'aperçoive de mon absence. Quand je suis là, il ne me voit plus.

J'ai été dissoute par un diablotin mutin, un génie malicieux m'a dérobée. Mon mari, si petit, si lointain, n'y comprend rien. « Où qu'est passée ma femme ? Je croyais bien l'avoir rangée là, entre le buffet et l'évier, mais je n'arrive pas à remettre la main dessus, c'est incroyable ! »

Il devra me remercier d'avoir glissé un peu d'imprévu dans notre ordinaire. Je me fais cadeau d'une virée en solitaire.

En cachette, je quitte la maison sans dire où je vais et sans panier à provisions. Quelle audace !

Je l'abandonne, avec son fils et ses angoisses. Et cela me fait plaisir. Il va peut-être douter de lui. Il n'est pas assez prévenant, trop égoïste. Il se met en colère pour des broutilles et ne dit rien quand il devrait avoir une parole encourageante.

Ce n'est pas de sa faute, il y a la fatigue, l'usine, les soucis et les nerfs toujours prêts à craquer. Je devrais le comprendre. Mais je ne peux pas le comprendre à plein temps.

Dans deux minutes, je vais me sentir coupable. C'est moi qui l'embête. Tout est de ma faute. Je ne sais pas vivre.

Non, cela ne se passera pas comme ça. Pas aujourd'hui... Je vais faire un tour.

J'ai pris le car à la gare routière et maintenant, tire-bouchonnant entre mes doigts mon « SAINT-BRIEUC - PAIMPOL - 45 km », je traverse les Côtes-du-Nord tristes sous la pluie.

Le car s'arrête partout, il faut près de deux heures pour faire quarante kilomètres. Cela n'a pas d'importance, je ne suis pas pressée et je ne peux plus reculer.

Je regarde toutes ces maisons neuves sur leur morceau de gazon bien vert. Toutes pareilles ou presque, blanches et lourdes sous leur toit d'ardoise, des pierres sombres autour des fenêtres, un seuil de granit. Les rideaux Gardisette se soulèvent de temps en temps. Une femme en robe de chambre défraîchie apparaît. Ses yeux vides fixent la route. Chaque fois, elle est déçue. Rien n'est changé. Rien ne se passe.

Un accident, un enfant qui tombe de vélo, lui donnerait l'occasion de sortir, de parler. L'estafette du boulanger est passée ce matin, elle a acheté son pain de deux livres pour la journée. Elle a croisé la voisine qui en faisait autant.

« Fait pas chaud, ce matin !

— Quel hiver ! J'espère qu'on aura un beau printemps après tout ce froid.

— Ce ne serait pas volé ! »

La conversation s'arrête là. Il ne faut pas trop

12

fréquenter les voisins, sinon on finit par avoir des histoires.

J'imagine le papier peint fleuri, les patins derrière la porte pour ne pas salir le parquet ciré, où l'on se voit dedans comme à la télé. La femme erre dans son propre salon rustique comme une visiteuse dans un magasin d'ameublement. Ce salon-pas-fini-de-payer, beau comme chez les autres, précieux comme un rêve d'enfance, il est prêt à recevoir des invités imaginaires. Le plus souvent, pour ne rien déranger, elle reçoit dans la cuisine. Posé sur un napperon de dentelle, un cendrier de cristal, cadeau de mariage, brille au milieu de la table basse. Il ne lui vient pas à l'idée qu'elle pourrait y déposer la cendre triviale de sa propre cigarette et elle se réfugie dans la cuisine où la radio ronronne. Il ne s'agit plus de traîner. Elle a du boulot. Elle emplit la machine à laver de linge à peine sale et appuie sur le bouton. Puis empoignant balai-brosse et serpillière, elle se met à frotter son sol plastique dur en simili tommettes. Elle pense à autre chose.

Dans le car, il y a des femmes, un vieil homme, des enfants qui montent, parcourent quelques kilomètres et sont déposés devant un chemin de terre ou à l'entrée d'un hameau.

Je me sens tellement insolite que cela me surprend de voir que d'autres, tout naturellement, prennent ce car, vont quelque part, ne me demandent rien. Personne ne fait attention à moi. Personne ne me dit : « Tu devrais être à l'usine, tu devrais être chez toi. » Chut ! je voyage incognito.

Les vitres sont sales et cela rend le paysage sous la pluie plus morne encore, presque irréel. Ce paysage que je connais bien : la mer grise qu'on aperçoit de temps à autre, l'herbe foncée, les ajoncs décharnés au bord de la route, c'est comme si je le découvrais. Je ne suis là que par hasard et la Bretagne frappée d'hiver, de silence et de solitude devient un décor sans âme. Cette campagne léthargique est affreusement reposante. Tout ce vert ! Je n'arrive pas à trouver des allures de spectres aux arbres sans feuilles. Leurs silhouettes restent raisonnables, fragiles ou banales et encadrent sagement les champs et les chemins.

Les maisons anciennes aux pierres usées, elles, s'avachissent au bord de la route. Leur toit d'ardoises piquées de mousse s'affaisse jusqu'à des ouvertures étroites décorées, seul luxe, par des volets bleu breton, dont la peinture s'écaille. On y vit à tâtons, dans une pièce unique où la lumière bute sur le sol en béton, les meubles épais. Des vieilles femmes en chaussons hibernent en crochetant des dentelles. Du coin de la fenêtre, elles surveillent le monde qui va de leur porte à la route.

Au-delà, le regard se perd dans des brumes filandreuses. Qu'y a-t-il derrière le brouillard ?

Paris, Piccadilly Circus, Manhattan. Le spectacle de la ville se déploie sous mes yeux. Je voltige de vitrine en néon, de passants extravagants en affiches scintillantes. A jouir si fort de mon regard éperdu de lumière et d'artifice, je me fonds dans

14

cette profusion pour devenir arrêt de bus, chope vide sur le zinc, ruisseau huileux dans un caniveau ou verre fumé d'un pare-brise de taxi où défilent les fugaces reflets de la rue. Invisible. Inconsciente. Je suis le diamant discret et unique posé sur l'oreille gauche d'un homme dérisoire. Je glisse en goutte de vernis transparent sur l'ongle court d'une adolescente. Inutile. Superflue. Délicate.

Le chauffeur me regarde dans son rétroviseur. Je tourne la tête, gênée. Depuis quelques kilomètres personne n'est monté dans le car et je suis seule. Ma gamberge se voit peut-être sur mon visage. Je me sens repérée. On ne doit pas me voir. Je ne suis pas là.

Je suis assise et c'est déjà beaucoup de plaisir. Un par un mes muscles se détendent, je n'ai mal nulle part. Je peux à ma guise croiser ou décroiser les jambes, laisser mes bras immobiles. Mes mains s'étirent, s'allongent. Un ongle cassé au ras de la chair me rappelle un choc, mais la douleur n'existe plus. Ma peau m'enveloppe sans tiraillement, sans frisson non plus, elle redevient élastique et s'étend. Après s'être trop longtemps rétractée pour éviter les blessures, elle s'amplifie en une profonde respiration. Aux pièces devant une machine, même s'il y a un siège de bois ou de fer pour s'asseoir, on est crispé. Le corps se raidit à force d'être maltraité. Figés dans la position qui concilie le mieux la cadence et l'inconfort le plus supportable, nos muscles, nos nerfs se confondent avec la dureté de la matière et la vitesse des machines. Par moments, on ne sait plus si c'est la machine qui conduit le geste ou le geste qui conduit la machine. Tout baigne dans l'huile. On finit par ne plus comprendre d'où vient l'épuisement.

Le chauffeur a détourné les yeux. A l'arrêt suivant une vieille tout en noir est montée en maugréant. A cause de la pluie, elle était contrariée par le retard du car.

Le chauffeur a rigolé :

« Dame ! grosse comme vous êtes, il vous en faudrait plus pour fondre.

— Innocent va ! lui a répondu la vieille. Si ta pauvre mère t'entendait ! »

Je me tasse sur mon siège. La boule dans la gorge qui m'étouffait a disparu. Je m'aperçois que je n'ai pas toussé depuis le départ. Pourtant qu'est-ce qu'elle m'a embarrassée cette bronchite qui m'empêchait de dormir.

Quand je suis allée voir le médecin pour obtenir un arrêt maladie parce que j'en avais marre, j'en ai rajouté : « Je tombe dans les pommes, j'ai des crampes dans les membres, je ne supporte plus rien, tout m'énerve, je pleure pour des bricoles, je travaille debout, à la chaîne, les cadences sont trop dures, pas le temps de souffler, pas le temps d'aller aux toilettes et le soir en rentrant, faut s'occuper de la maison, du gosse, tout ça me crève, vous comprenez ? » Non, il ne peut pas comprendre. « Vous devriez chercher un autre emploi. » Il a l'air de croire que c'est facile, mais moi je n'ai ni diplôme ni « profession ». Être OS là ou ailleurs, c'est la même douleur.

C'est humiliant de devoir se déshabiller, se montrer sous un jour morose, justifier dans son corps qu'on en a marre de la vie qu'on mène, qu'on est fatigué, qu'on voudrait un peu de calme. Le médecin, écoute, regarde, examine, catalogue, il juge du haut de ses études et de son papier à en-tête si l'on peut avoir ou non sept petits jours de repos. L'absentéisme, c'est grave socialement, ça coûte cher aux patrons, à la Sécurité sociale, à l'Etat, à la nation-tout-entière.

Et le présentéisme qui nous abrutit, qui nous rend malade, est-ce qu'il ne fait pas plus de ravages ?

Heureusement, j'avais une tension artérielle insuffisante, alors j'ai eu mon petit imprimé en trois exemplaires dûment signé. J'ai des copines qui ne manquent jamais le boulot par peur du docteur. Si jamais « il » ne les trouvait pas assez malades, elles auraient tellement honte. Alors crevées, fiévreuses, elles viennent travailler. Moins encore qu'à un chef ou un mari, on ne peut dire merde à son médecin. Comme si capable de déjouer la maladie, il pouvait aussi l'inoculer. Comme si cela tenait à lui que nous soyons en bonne ou en mauvaise santé. Comme si le corps dans lequel nous vivons nous échappait pour devenir autre chose, un objet mystérieux obéissant à des lois inconnues. Et si mon dégoût, ma lassitude, mon désir de repos ne s'inscrivent pas dans mon rythme cardiaque ou ma digestion, je n'ai plus qu'à me rhabiller, honteuse. Enfin 50 F de consultation, c'est toujours bon à prendre. Je n'intéresse personne. Mon angoisse ne s'entend pas au stéthoscope. Je dois me faire des idées. Un petit coup de déprime ordinaire. Des ampoules, des gouttes, des comprimés, une ordonnance pleine de calcium et de vitamines. Cent francs pour le pharmacien et dans une semaine le boulot comme avant.

· Je l'ai eu mon arrêt maladie et tout de suite je me suis sentie mieux. Huit jours pour dormir, lire, ne rien faire, rêver, cela a suffi à me remonter le moral d'un cran.

Le petit est chez sa nourrice, comme d'habitude. Si je gardais mon fils à la maison ce ne serait plus du repos pour moi. Le bonhomme est à l'usine. Parfait.

Mais quand il rentre le bonhomme trouve que le ménage n'est pas assez fait, que tout de même j'aurais pu faire les courses. En deux jours, il devient celui qui travaille, qui est fatigué comme ce n'est pas permis. Et moi, la femme qui traîne à la maison toute la journée, qui plus est sans enfant, je ne suis pas assez efficace. Bien sûr, il faut que je me repose, mais il y a des limites, c'est pas les vacances. Ce n'est pas lui qui paye mais il me suffit d'être femme, de ne pas travailler pendant quelques jours, pour devenir femme au foyer, femme d'intérieur, femme de ménage, femme stupide.

Il est jaloux de mes loisirs. Je ne travaille pas et, en restant au chaud, je le trahis. Pour expier cet abandon, pour faire oublier mon plaisir, je dois produire quelque chose, une chambre bien rangée,

18

un jardin bêché, ou un bœuf bourguignon. Sinon mes journées inutiles, égoïstes, sont un méprisable gâchis.

Je deviens étrange à ses yeux, il n'a absolument plus rien à me dire, il se méfie de mes questions et se croit incompris. Mon désir de parler, de rire, de sortir est suspect. Je dois donc justifier mon arrêt par une tête d'enterrement et savourer en cachette ce temps mort, illégal, coupable. Je devrais peut-être rester couchée toute la journée et sentir le formol ou être carrément à l'hôpital pour retrouver grâce à ses yeux.

Je suis si fatiguée.

La fatigue n'existe pas. Le contrôleur de la Sécurité sociale regarde mon teint pâle et mon ordonnance d'un air inquisiteur. Je n'ai pas le droit de sortir à n'importe quelle heure, je dois envoyer mon papier dans les délais. Encadrée, contrôlée, traquée, cette liberté très surveillée ne doit pas me permettre la moindre fantaisie. Ces jours de repos-là me sont accordés avec sursis, simplement pour que je n'aille pas me blesser, à l'usine, en tombant en syncope dans les containers. Ça ferait mauvais effet. Interdit de rêver. Interdit d'oublier l'usine. Je finis par attraper une bronchite et je tousse mon repentir.

Le car tressaute sur les routes abîmées par le gel. J'aime n'être nulle part. Si j'étais un peu plus riche, j'aurais pris le train pour Paris. Quatre heures durant j'aurais vécu entre parenthèses sous le reflet à l'envers d'autres voyageurs dans le plexiglas des porte-bagages.

Tout est possible. Pour une fois rien ne m'attend et je ne suis même pas tenue d'arriver. C'est un voyage gratuit, comme on dit un acte gratuit, et je ne me féliciterais jamais assez d'en avoir pris l'initiative. Le but ne compte pas et ce que je quitte déteint sous la pluie au fur et à mesure des kilomètres.

Je me dérange. Ma vie sans moi est une image figée que je contemple derrière un miroir sans tain. Maryvonne s'endort et passe à travers le miroir. Maryvonne au pays des merveilles roule vers Paimpol. Les gestes des autres, leur visage mécanique continuent à vivre la routine, sans voir mon absence, sans soupçonner mon regard différent. Les actes répétés se jouent mais le rideau coincé au-dessus de la scène ne tombe jamais. Je m'éloigne du théâtre. Et si je n'y retournais plus ?

Je suis là roulant entre ciel et terre et ni l'un ni l'autre ne m'intéressent.

Je voyage dans le Transsibérien. Moscou-Vladivostok en huit jours et huit nuits. Rien à voir par les fenêtres que des forêts étrangères rabâchées d'heure en heure. Taïga... Taïga... Taïga... Taïga. Huit jours sans sortir d'un compartiment étroit au raffinement d'un autre âge. Huit jours sans devoir, sans faire, sans dire. Frileuse malgré ma cape d'opossum et ma toque de loup argenté enfoncée jusqu'aux yeux, je suis la troublante dame sans travail, sans famille, sans patrie. Pour un superbe bolchevik aux yeux verts et au cœur chaud, je traverse l'empire, cachant dans les broderies de ma lingerie les dernières consignes du grand Lénine à la veille de l'insurrection. Belle comme une aube sur la steppe, trahissant l'odieuse classe des exploiteurs pour le pouvoir des soviets, Maryvonne Kollontaï voyage sans bagage.

Huit jours à m'inventer multiple, à explorer mon imagination détraquée. Sans rien vivre. Sans mettre en péril mes rêves par le moindre début d'exécution. Mais je n'ai plus l'âge du vagabondage sans arrière-pensée. Je peux à la rigueur quitter mon mari poliment, changer de boulot et de ville en gardant dignement mon enfant. A quoi bon ? Je sais mon histoire, mon enfant, ma crainte de l'inconnu. Je n'ai pas de courage et trop de scrupules. Je tiens à ma vie, à mes amours qui m'attachent si fort qu'ils m'étouffent.

A mon fils, plus que tout. Mon fils alibi. Mon fil à la patte. Mon fil conducteur vers le monde adulte. Mon fils, dont je dépends depuis sa conception, n'est qu'un petit garçon comme des milliers d'autres. Il me fait responsable, me réclame disponible moi. Je suis sa mère pour la vie, lui a d'autres amours à vivre. Dans le meilleur des cas nous saurons nous écouter, nous respecter. Mais la tyrannie de l'intimité impossible restera. Il est beau mon fils, tout blond, rieur, agile. « Maman ! Maman ! » Je me retourne, c'est bien à moi qu'il s'adresse. D'accord, petit mec, on dirait que je serais ta maman.

J'aurai toujours vingt-quatre ans de plus que lui

et l'autorité des premières amours et des premiers conflits. Les rôles sont fixés, inscrits à jamais dans la chronologie. Il vit. Je ne serai ni sa femme ni sa fille. Mon enfant autonome déçoit sans cesse l'orgasme originel.

Histoire fatale des générations. Moi-même fille de quelqu'un, je répète la faute, j'admets d'être mortelle en enfantant à mon tour. Je ne suis que moment, maman, momie, je m'identifie au temps, fille, femme, mère puis morte. Mon petit garçon est un futur qui ne m'appartient pas. Celles qui disent : « Mes enfants sont tout pour moi » m'effraient. Je ne veux pas de cette maternité aux relents d'amertume. Aimons-nous et parlons-nous, chacun dans sa propre vie.

Mon fils ne m'a pas choisie. Son père, lui, si peu que ce soit, m'a préférée à d'autres. Et je voudrais que chaque jour il me choisisse à nouveau. Mais je suis là, près de lui, nécessaire, évidente. Je me sens gourde, je suis insuffisante et je suis de trop. Il y a tant d'inévitables entre nous ! Nous sommes de la même famille, quasiment frères et un peu incestueux. Nous sommes trop pareils et tous les jours se ressemblent. L'usine nous a même volé le dimanche.

Il dit : « J'aime pas le dimanche. » Le dimanche c'est la veille du lundi et on porte déjà le deuil de la semaine à venir. On est encore fatigué, les heures passent trop vite, on n'ose plus rien faire et on finit par s'ennuyer. Je voudrais aimer les dimanches matins où le réveil se tait et les après-midi où l'on voit le ciel. Nous pourrions être

22

joyeux, souffler du verre, explorer le centre de la terre ou voyager en ballon.

Mais tout est vain, le dimanche n'est pas fait non plus pour rêver. Mes dimanches n'ont pas d'importance. Je me sens seule. Je m'approche de lui pour le toucher, l'embrasser, lui dire un mot. Il se détourne, je l'embarrasse. J'ai l'humeur qui chavire. J'évite de poser mon regard sur l'homme qui attend lundi derrière un roman policier et je refoule une terrible envie de pleurer et de tout casser. Je suis une minette désœuvrée et capricieuse, une bobonne abusive. J'ai la tête à côté de mes pompes. Pourtant j'usine, moi aussi, je lutte de classe, je syndicate, j'ai des copines et des sujets de conversations honorables. Il faut croire que je ne suis plus à convaincre ou à séduire et que c'est une tâche de moins à faire. « Arrête de te plaindre, Maryvonne, je ne te comprends pas. Faisons l'amour et demain, c'est vendredi, ça ira mieux. » Oui, tous les vendredis on espère, et chaque dimanche est décevant.

On ne fait jamais l'amour le dimanche soir. On s'imagine déjà à l'usine. La gorge nouée. On craint de bouger, d'accélérer l'écoulement des heures. Mais rien n'y fait, le réveil sonnera obligatoirement le lundi matin. Quelquefois, de rage, on baise.

La sirène de l'usine retentit à huit heures pile. Je suis devant mon établi, les outils, les pièces, vont s'animer. Je n'ai plus rien à attendre. Souffrir est dépassé. Je vais produire et ne plus penser. Une bouffée de joie misérable m'envahit.

Rien ne me dérange. Lui aussi, dans un autre atelier, a repris le boulot. Nous pouvons nous taire.

Quelquefois j'ai envie de le provoquer par un gros mensonge. Dire : « En allant au marché, je suis passée devant l'agence de voyages et comme il y avait une réduction sur les croisières en mer Égée, j'ai réservé deux places pour toi et moi. Si, je t'assure, c'est vrai, j'ai versé un acompte. T'es content ? » Non, il n'aime pas les voyages, il ne voit pas « à quoi ça sert ». Ou bien je lui annonce : « Mon chéri, je dois te dire quelque chose d'important. Tu sais, le journaliste qui m'avait interviewée pendant la grève, tu te souviens, Jean-François, il était sympa. On s'est revu... on s'est rencontré en ville, on a parlé et on a fini par faire l'amour ensemble. »

Il ferait un « Ah... » mi-résigné, mi-agacé, et je regretterai que ce ne soit pas vrai. Si je ne suis pas bien avec lui, tous les hommes m'inquiètent. Je n'ai envie de voir personne, même pas Jean-François.

A ruminer des idées grises dans ce vieux car cahotant je perds mon plaisir. Je ferais mieux de profiter de cette récré volée.

On arrive à Paimpol. C'est drôle. C'est là que j'ai voulu aller. Paimpol, cela ne fait pas sérieux, c'est un nom d'opérette, Paim-pol, Paim-Paul, Pain-Pôle, Pin-Paule, Paimpol, un nom tout rond, impossible à chuchoter. La Paimpolaise... Paimpol et sa falaise... des relents de folklore bouffon me font sourire toute seule.

Paimpol n'est rien. Je ne trimbale pas de mythes colonisateurs. Je n'ai pas d'extase louche et rétro pour ce petit port breton. J'aime ma côte qui vit au présent, qui lutte contre les marées noires et les accidents de mer.

La Bretagne se fait putain l'été, pour vivre du fric des touristes, et se vend aux promoteurs et aux camelots. Nul n'est parfait. Trop souvent les jeunes s'en vont. Mais obstinés comme dans les clichés, des Bretons pas très typiques se battent contre les centrales nucléaires. Des Bretonnes sans coiffe revendiquent le droit au travail dans l'électronique ou ailleurs. Des femmes sans doute pas très catholiques ne veulent plus risquer la mort ou la prison pour un avortement. Il n'y a plus de chapeaux ronds dans les rues, sauf les jours de pardons et de fêtes à l'ancienne. De moins en moins de pêcheurs à Paimpol, mais encore des sabots et des tricots de marins rayés bleu et blanc. Dans les cafés refaits façon pub, les juke-boxes vendent du disco. Bombardes et binious sortiront pour le *fest-noz* du samedi soir. On vit aussi en Bretagne et sauf pour quelques oisifs, le nombril des traditions n'est pas le steak quotidien. Ce qu'on doit défendre aujourd'hui dans la rue c'est le droit de ne pas être isolé, le droit de prendre un train qui passe près de chez soi et qui s'arrête à Plouaret par exemple. Aujourd'hui, les mauvaises herbes envahissent les anciennes lignes de chemin de fer, il n'y a plus d'omnibus et les petites gares silencieuses ne servent plus à rien. Il n'y a pas si longtemps un train longeait la côte, lentement, laissant aux voyageurs tout le loisir d'apprécier le spectacle des champs d'artichauts surplombant la mer. Les anciens racontent qu'on pouvait dépasser le tortillard à la course et que dans les montées tout le monde descendait des wagons pour pousser le petit train qui n'en pouvait plus.

Ma Bretagne n'est peut-être ni plus belle ni plus pure que d'autres terres, mais je l'aime bien malgré ses souillures et ses sautes d'humeur. J'y vis entre plages et forêts, entre l'usine et les petites villes où l'on n'est jamais anonyme. J'aime l'odeur du chou dans les maisons, le porc qu'on mange sur les toiles cirées, les « galettes-saucisses » enveloppées de papier sulfurisé. J'aime le parler raccourci, la curiosité pas toujours bienveillante des gens qui vivent ici, loin des modes, tournés vers leurs douleurs, et qui cultivent leur jardin en se désespérant qu'il fasse trop chaud ou qu'il pleuve. Mais je déteste le mauvais vin qui rend hagards les yeux des hommes. Les mentalités empêtrées dans les « comme il faut » et les « on-dit » me font mal. Je ne m'habitue pas à ce climat mollasson, versatile, incapable d'être vraiment chaud, toujours soumis à des vents d'ailleurs et à des marées qui ne savent pas ce qu'elles veulent.

A cette heure-ci, elle est basse, la marée. Le car s'arrête sur le port. Je descends. Je n'ai rien à faire. C'est louche et délicieux. Je n'ai pas de montre, cela n'a pas d'importance. On dirait que la pluie a cessé. Le ciel n'est pas dégagé mais qu'importe ? Il peut bien tomber des cordes, aujourd'hui, les quatre saisons sont dans ma tête et mon corps n'a plus d'impatience.

C'est stupide d'avoir comme moi le moral accroché au baromètre, dorénavant ça va changer. Le gris, la pluie, le brouillard qui m'oppresse, le vent qui me saoule, je les prendrai de haut. Je ne m'en affligerai plus, c'est promis, il y a des choses plus sérieuses que les hivers trop sombres et les printemps moroses.

Je marche le long du port en respirant bien fort. Je sens l'iode qui passe dans mes membres. Je suis sûre qu'une bonne marche vaut toute la chimie que j'ingurgite depuis une semaine. J'ai tout arrêté et je suis mieux. Le seul ennui c'est que les bols d'air ne sont pas remboursés par la Sécurité sociale. Ils sont même interdits puisqu'on ne peut sortir de chez soi que dans de strictes limites. C'est absurde, la fatigue physique et nerveuse ne se soigne pas entre quatre murs. Moi qui, hier, n'avais pas la force de passer l'aspirateur dans le salon, je crois que cet après-midi je pourrais faire Paris-Brest à pied.

Des bateaux de pêche de toutes les couleurs, des barques au fond très plats, les Saintes et les Maries se serrent les unes contre les autres. Il arrive que certaines embarcations, par gros temps, fassent naufrage, mais le drame reste familial, plus de souscriptions nationales lancées par Pierre Loti dans *le Figaro*. Les « Petite-Jeanne » sont assurées et les veuves répondent dans la page obsèques de l'édition locale de *Ouest-France* aux condoléances reçues.

Le port regorge de bateaux de plaisance amarrés aux pontons métalliques. Les moteurs haletants des chalutiers-outil-de-travail, leur vapeur de fuel et leurs emballements bruyants dérangent les tireurs de bord. Il suffit de larguer les amarres, de hisser les voiles et de laisser faire les éléments. J'écoute avec délice les émissions de la météo marine : « Fisher, Dogger et Fladden... Force 3 à 4... Mer belle un peu agitée... Sud Bretagne... Nord Irlande... Pas de coup de vent en cours ni prévu... Anticyclone des Açores... » Un long poème plein de millibars et de gradients pression. Je ronronne de plaisir dans la petite houle d'été. Je vogue vers les îles Galapagos, tranquillos. J'ai laissé à terre la femme et les gosses. Je suis libre. Je suis un sacré mec et je me la coule douce. Ça ne va pas ! la femme, c'est moi. Une femme ça ne part pas comme ça ou, à la limite, avec un homme et en donnant toujours à son mari une adresse en cas d'urgence : « Thérèse Popinot, poste restante, Honolulu ville. »

Je reste au port...

A la pointe de l'Arcouest, on prend le bateau pour l'île de Bréhat. Si le ciel était clair je la verrais peut-être. Je n'irai pas, Paimpol suffit et

son introuvable falaise. Je ne suis pas touriste.
Je traverse l'écluse qui sépare le bassin à flot
de la mer absente. Contre la jetée, les chalutiers
sur leur quille paraissent prêts de se coucher à
la moindre pichenette du vent. Tout au bout de
la terre, la mer insensiblement, vague après vague,
se rapproche. J'avance vers elle, mais décidément
je ne peux pas marcher sur l'eau et je rebrousse
chemin sous les ricanements des goélands.

J'ai faim. Je vais me payer des gâteaux dans
ce salon de thé vieille France de la place du marché. Il n'y a pas d'affluence dans la boutique.
Il est trop tôt pour les goûters, trop tard pour
les desserts. Les vendeuses-serveuses bavardent
et ajustent soigneusement les uns sur les autres
les chocolats maison, chacun dans une petite
corbeille de papier doré. Tout le salon a l'air
d'être en chocolat et en caramel. Les lambris de
bois verni, les banquettes de vinyle marron lui-
sent comme des bonbons. Les tables rustiques
et l'éclairage confidentiel donnent une lueur de
péché à la célébration gourmande qui se pratique
ici. Les vendeuses marchent à pas feutrés et par-
lent avec une voix de sucre d'orge. Tout incite
au sirop de grenadine et au lait-fraise. J'hésite, je
ne suis pas pressée. Une femme menue au tablier
blanc impeccable attend patiemment à côté de
moi.

« Je prendrais une polonaise... et une tarte
aux pommes... et aussi ce petit gâteau-là recou-
vert d'amandes et un thé-citron, s'il vous plaît. »

C'est bon et si rare que j'en mangerais bien

encore, pas tellement par appétit, mais pour le plaisir d'être là. Je fais un repas idiot, anti-diététique, que je n'ai pas préparé moi-même. On me sert comme si j'étais la princesse de Monaco.

« Je reprendrais un thé-citron, s'il vous plaît. »

La marche, la chaleur du salon de thé, la pâtisserie, j'en ai presque la tête qui tourne. J'allonge les jambes, je ferme les yeux, bien calée sur la banquette je m'y endormirais.

« Cela ne va pas, mademoiselle ? »

La serveuse est penchée au-dessus de moi.

« Si, si, très bien, merci. »

Je me redresse un peu. Elle m'a appelée mademoiselle : cela ne se voit pas sur mon visage que je suis mariée ? Je n'ai pas mon alliance. Je peux passer pour une femme « libre ».

Je voyage pour mon plaisir car j'ai des rentes et je n'ai pas besoin de travailler ou de me marier.

Je m'occupe très bien, je parcours le monde, j'écris des reportages et des poèmes. Je vais au spectacle et je rédige des comptes rendus pour de grands journaux parisiens. Cela me fait de l'argent de poche pour les timbres et les cigarettes, je donne le surplus à des œuvres pour les enfants du tiers monde ou à des communes nécessiteuses, pour la promotion des Arts et Lettres en milieu rural. Je rigole. La serveuse va me prendre pour une folle. Je ne me vois vraiment pas dans le rôle de la riche héritière et je n'ai pas les vêtements de standing qui s'imposent, c'est le moins qu'on puisse dire de mon caban élimé.

Une femme vient d'entrer, elle ressemble à celle dont je parlais. De grandes bottes de cuir fin — au moins 600 F la paire —, un pantalon de velours beige qui se perd dans les bottes pour qu'on les remarque bien et pour lui donner un air « sport » — 250 F —, une veste de fourrure rousse à long poil, pauvre bête — 6 000 F —, ouverte sur un pull tendre de chez Rodier — 400 F. Une large ceinture de cuir assorti marque la taille fine de la dame tenniswoman-deux-fois-par-semaine-par-hygiène — 150 F. Un foulard autour du cou exhibe son étiquette Lanvin — 150 F. En bandoulière, une sacoche de la Bagagerie qui sent le neuf — 400 F — pleine de menus objets raffinés et superflus. Elle a quatre mois de mon salaire sur son dos. Sous sa mise en plis style naturel scandinave, un visage de magazine féminin sur papier glacé. Elle regarde autour d'elle pour savoir si on l'a bien vue. Nos regards se croisent, elle est plus lointaine qu'une speakerine de télévision. Ouf ! nous ne nous ressemblons pas, elle est rassurée pour un moment. Elle va prendre un petit gâteau sans crème, ni chocolat, et un thé-citron qu'elle boira sans sucre en faisant mentalement le calcul des calories autorisées pour la journée. Elle a une heure devant elle avant d'aller chercher son enfant-Cacharel à la maternelle. En grignotant sa tarte aux poires, elle feuillette une revue d'histoire de l'art en vente dans les kiosques. Elle pourra parler de l'exposition Chardin à l'Orangerie à Paris au prochain dîner tout simple qu'elle organisera pour

31

le député-suppléant qui est originaire du coin. Son mari qui n'y connaît rien en peinture la contredira sans doute sur une question de date mais elle répliquera : « Michel est charmant, mais il est jaloux des femmes cultivées. » Et lui qui est médecin répondra : « Quand j'entends le mot culture, je sors mon bistouri ! » Les amis les trouveront drôles. Puis les hommes parleront de leurs déboires avec l'administration.

La jeune femme qui rêve d'être épinglée en couleurs sur un panneau publicitaire : « Faites comme moi, portez *Baise-moi*, la gaine qui ne se sent pas », se lève, laisse un pourboire de radin et s'en va sans dire un mot. Elle voudrait habiter une grande ville et quelquefois se désespère de faire tant d'efforts pour soigner son allure dans un bled pareil. Cela la gêne d'être bretonne, d'avoir parfois les joues trop rouges et la voix qui trahit un léger accent. Elle préférerait être parisienne, connaître, et surtout être connue de beaucoup de gens. Elle irait au théâtre et ferait du lèche-vitrine boulevard Saint-Germain, tous les jours. Elle pourrait trouver un « job » dans la « pub », à mi-temps de préférence. Paimpol est trop petit, il n'y a pas moyen d'y trouver un amant joli pour les après-midi d'hiver. Elle pense « province » comme une Parisienne. Mais quand elle va à Paris, elle a beau frimer, elle a toujours l'impression d'être en sabots et d'avoir au bras un panier d'osier d'où dépasse une tête de canard. Elle a peur dans la rue, elle se perd dans le métro, elle craint d'être volée dans les magasins ou draguée dans les cafés. Elle fait tout de même quelques emplettes chez Fauchon sans se douter que ce sont les officines de la Vie Claire qui sont à la mode et rentre fourbue à l'hôtel.

Mon mégot achève de se consumer dans le cendrier. Le fond de thé, dans la tasse, est complètement froid. Je règle la note. Je dois me trouver un toit pour la nuit.

Je cherche un hôtel, comme une grande. Dans les rues pavées et étroites qui ressemblent à des rues de carton-pâte, il y a des restaurants de pêcheurs qui sentent la frite et où on loue des chambres meublées à la journée ou à la semaine. Tous les noms tournent autour de l'eau : le restaurant des Mouettes, le Chalut, le café de la Marine, des Flots bleus et d'autres encore. Sur le port, ce sont les hôtels modernes qui dominent.

Ils sont fermés l'hiver. L'été, on y embauche des collégiennes qui font les chambres et le service pour un SMIC amputé de l'abattement d'âge.

Je vais à l'hôtel du Port. Un vieil employé en veste blanche balaye la salle de restaurant. A force de baisser la tête vers le sol, les tables, les plats transportés et les clients assis, son nez tombe et semble prêt à descendre encore.

La femme enchignonnée derrière son comptoir m'intimide. Elle est absorbée par la lecture d'un livre de comptes relié de noir qui lui ressemble. Un tailleur sombre moule sans un pli son corps épais. Si ses matelas sont aussi durs que son visage, je ferais mieux d'aller voir ailleurs. Trop

33

tard, elle m'interroge d'une voix étonnamment haute :

« Vous désirez ? Si c'est pour manger, c'est trop tard ou trop tôt et nous ne servons de boissons qu'avec les repas.

— Bonjour madame, je voudrais une chambre, si c'est possible.

— Ah ! Une chambre ? Oui, il y en a. Vous êtes seule ? »

Qu'est-ce que ça peut lui faire ? Elle lance un coup d'œil à mon annulaire gauche. Non, je n'ai pas d'alliance, mais je suis très mariée tout de même.

« Oui, je suis seule.

— Vous n'attendez personne ? Je vous préviens, il faut signaler les visites après neuf heures du soir. »

Qu'est-ce que c'est que ce règlement à la gomme ? Je ne suis jamais allée seule à l'hôtel, cela n'a pas l'air très permis.

« Je n'attends personne, je voudrais une chambre pour moi seule. Et avec une salle de bains, si vous avez. »

Et toc ! Non mais sans blague, elle m'énerve à la fin avec son air de flic. Je ne fais rien de mal. Et même si..., je suis majeure ! J'ai de quoi payer, y compris s'il le faut la majoration pour femme seule, pour femme sans alliance, pour salle de bains, pour eau chaude, pour eau froide, pour chauffage, pour voir un sourire sur le visage de la patronne.

Je l'ai demandé pour faire preuve d'exigence,

cette salle de bains, mais mon budget-escapade va en souffrir.

« Bon, on va vous donner la 12 avec salle de bains et vue sur le port. Vous dînez ? »

Je ne peux pas refuser, son interrogation est un ordre.

« Oui, madame.

— Vous libérez la chambre de bonne heure demain matin ? »

Décidément, elle veut me décourager.

« Non, pas spécialement. Je déjeunerai peut-être ici. »

J'essaie de gagner du temps. Je n'ai pas de projets précis pour demain.

« Il faut savoir si c'est sûr ou peut-être. »

Pourquoi me déteste-t-elle ?

« Je vous le dirai au petit déjeuner. Je ne suis pas encore décidée. Ça ira ?

— Certainement, mademoiselle. Je vous conduis à la chambre. Suivez-moi. »

Elle pince les lèvres et tout son visage se rétrécit en une grimace mauvaise. Elle ne sourit sans doute jamais.

De dos, elle est encore plus imposante. Elle grimpe l'escalier quatre à quatre. Elle a de bonnes jambes, la garce, moi qui fume trop, je m'essouffle. Elle ouvre la porte du 12, se retourne vers moi et constate, furieuse, que je n'ai pas de bagages, pas la moindre valise, pas de sac de voyage où mettre une chemise de nuit et un lainage. Une belle chambre comme ça pour une célibataire sans linge, cela lui fend le cœur.

Je referme la porte tandis qu'elle s'éloigne d'un pas vif. Quel dragon !

La chambre est claire, malgré le mobilier breton aux sophistications désuètes. Les rideaux imprimés de bouquets de fleurs sont assortis au papier peint qui se décolle par endroits. Une table est mise près de la fenêtre exprès pour écrire des cartes postales en admirant le paysage. Bons baisers de Paimpol.

Propre, laide, fatiguée par l'usage, cette chambre ne m'est pas étrangère. D'autres, multiples, sont passés là. Aujourd'hui, j'y suis chez moi et demain je ne devrai même pas un coup de balai à ce parquet ciré. C'est comme si je découvrais une île déserte, un paradis où tout serait permis, puisque sans conséquence. Personne ne viendra. Je n'ai rien à faire. Mieux que cela, je ne peux rien faire d'utile, de nécessaire. Ni parler non plus. Je n'ai pas à m'expliquer, malgré les regards obliques de la patronne.

Je peux entrer, sortir, rester assise, les bras ballants, pendant des heures. Je ne me connais plus. Je me cache dans ce décor artificiel. Trouver l'anomalie. Sans valise ni alliance, je me grise de cette bolée de liberté. A l'heure qu'il est, je devrais être au boulot.

A l'usine, l'après-midi est bien entamé, je sommeille en travaillant. Je me demande quoi faire pour le dîner. Bof ! Y'a encore des œufs. Je cuirai des nouilles et ça ira bien. Je guette les aiguilles de la grosse pendule au-dessus de ma tête, que c'est long ! Je crois bien que c'est chaque jour un peu plus long. Vivement cinq heures ! Faut que je fasse mon nombre. Si je veux avoir le temps d'aller boire un café avec les copines, faut que j'accélère un peu. Tu dors ma vieille ! Les copines elles sont comme moi, elles en ont marre, mais marre à un point, tu peux pas savoir ! Si, je sais, moi aussi ça me dégoûte, le boulot, les chefs qui te prennent pour des pions, le salaire qu'est juste bon pour nous laisser dans la merde. Plus je vieillis dans cette taule et plus je deviens révolutionnaire. Rigole pas, je t'assure, c'est vrai, faudrait tout foutre en l'air parce que quand y'en a trop marre, y'en a ras le bol ! et nos gosses quelle vie auront-ils avec tout ça, le chômage et le reste ? Ils seront traités comme des bêtes, comme nous, plus mal si ça se trouve. Beuh ! Bon, j'arrête de baratiner, sinon je vais finir par avoir le bourdon. Alors, Maryvonne, tu viens le boire ce jus ?

Puis on retourne à nos établis. Nos gestes sont indépendants de notre volonté. Notre voix est volée par le vacarme des machines. On ruse, on parle sans le son, on mime les syllabes avec les lèvres. On fait des grimaces, des moues, des clins d'œil ou des sourires pour communiquer malgré tout et souvent un frémissement de sourcil, un plissement au coin du nez, en disent plus long qu'une phrase. A l'usine, on se sent toujours un peu infirme et quelquefois c'est plutôt commode.

Le moment le plus pénible de la journée, c'est après le déjeuner, quand il faut rentrer. Au restaurant d'entreprise, en face de l'usine, les ouvriers pressés défilent, atelier par atelier. Les horaires de repas sont décalés pour éviter la bousculade au self. On s'assoit toujours à la même table. En face de moi, deux tables plus loin, mangent les jeunes de l'autre atelier de montage. On dit les jeunes, d'abord parce qu'ils le sont et, surtout, parce que leur embauche est récente. Ils rigolent et croient encore que « l'usine, quand on en a marre, on se tire ». Il y en a un qui me plaît. Il est imberbe et joli comme tout. Ses cheveux blonds bouclent autour de son visage très fin. Ses yeux bleus m'étonnent par leur clarté, je n'en ai jamais vu de si confiants. Il sourit souvent et ses dents bien alignées illuminent son visage. Il a dans le regard quelque chose de fragile et d'attirant qui m'émeut. Il ne colle pas avec l'environnement. Je le regarde et s'il s'en aperçoit, je baisse les yeux. Je n'ai pas envie de lui parler. C'est mon beau paysage.

Puis avec les copines je bois mon café, trop chaud, faute de pouvoir le laisser refroidir quelques secondes. Il est l'heure. Je regarde les bâtiments de tôle bleue. Les fumées sortent des cheminées. Je raconte des blagues à toute allure. On a quarante-cinq minutes tout compris, pour manger. Les gestes sont aussi rapides et calculés pendant cette pause que sur les postes de travail .Sans montre ni pendule, on sait dans nos jambes qu'il est temps de retourner au boulot. Sinon le chef va gueuler et on n'a pas envie de subir ça tous les jours. Quelquefois, on s'en fout du chef et d'avoir trois minutes de retard, on se défend. Mais il y a des fois où le courage nous manque. On s'écrase, on rentre à l'heure, on fait le rendement, sans parler. On part quand la sirène mugit et on cache sous nos « mal au dos » toute l'amertume accumulée.

Les cent mètres du self aux vestiaires sont terribles. J'en suis sortie et j'y retourne. Qu'il pleuve ou qu'il y ait du soleil, je n'ai pas le choix. Malgré le haut-le-cœur qui me saisit, il faut y aller, encore quatre heures et demie à tirer. Il n'est que midi et demi. J'ai assez travaillé pour aujourd'hui.

« Qu'est-ce que t'as, Maryvonne, t'en fais une tête ?

— J't'ai pas sonné. Bon, alors, fous-moi la paix : j'ai pas envie de causer. »

chapitre deux

Je visite la salle de bains, au bleu ciel un peu
pisseux. La grande baignoire blanche est appé-
tissante. Les serviettes de toilette sont bien rèches,
comme je les aime. Les adoucissants pour le linge
sont une hérésie. Tout le charme du propre s'y
perd dans un mou poisseux.

Au-dessus du vieux lavabo, dont l'émail se
fendille, se trouve un miroir encadré de bois.
Je prends la pose comme pour un portrait. Jeune
femme songeuse, triste, étonnée, gaie. Je ris.
Jeune femme tourmentée, méchante, je sors mes
crocs, coquette, je minaude, hautaine, sereine.
Mon visage ne me ressemble pas. Je n'existe plus.
Mes grimaces dans la glace s'effacent une à une.
Vieille femme fatiguée au regard vague. Comment
les autres me voient-ils ? A me regarder, pour
rien, je ne sais plus me voir. Je me perds. Je suis
trouble. Je m'écarte du miroir. Je suis là pour
me plaire.

Je prendrai un long bain très chaud. Tant pis
si ce n'est pas bon pour la circulation du sang,

comme dit mon père. Je ne serai pas dérangée par l'irruption de mon gamin dans mon territoire aquatique. Je ne serai pas limitée par le temps de cuisson des patates.

On raconte que la fonction crée l'organe, je n'y crois qu'à moitié. Si c'était vrai, il y a longtemps que les femmes auraient quatre ou cinq bras pour accomplir toutes les tâches qui se présentent en même temps dans une maison.

Ce bain, sans hâte, je m'en réjouis d'avance, mais je ne veux pas le prendre tout de suite. Il faut que l'attente enfle mon plaisir. Il faut que je l'organise comme une cérémonie. D'abord, la baignoire, ensuite la solitude, puis le temps, et enfin, la mousse.

Je vais acheter un flacon de bain moussant. Je quitte l'hôtel en gardant sur moi la clé du 12. J'ai repéré dans ma promenade le Prisunic près du port. Je me sens toujours à l'aise dans ces magasins populaires. J'ai travaillé dans trois d'entre eux. Je connais la maison. Je me souviens de l'impression de faux qu'ils m'ont faite. Je travaillais debout toute la journée. Je devais m'occuper des rayons, ranger, étiqueter, servir les clients et encaisser l'argent. Je n'avais pas le droit d'être en jeans. Une vieille femme venait tous les jours au magasin. C'était sa sortie quotidienne, elle y avait chaud, voyait du monde, des objets, des couleurs. La musique d'ambiance et les paroles banales lui tenaient compagnie. Elle n'achetait pratiquement rien, sinon une bobine de fil, une boîte d'épingles, une savonnette

Elle m'aimait bien parce que j'étais moins bourrue que les vendeuses qui avaient plus d'ancienneté et de lassitude.

Un jour, elle m'a apporté un livre de poche de Gaston Leroux dont le titre m'échappe et elle m'a dit : « Tenez, c'est pour vous, vous m'avez dit que vous aimiez lire, moi aussi ; je vous le donne, j'espère que cela vous plaira. » Elle n'avait rien, moi non plus. Nous étions devenues amies. J'étais si émue par son geste que je ne sais pas si j'ai su la remercier.

Les immigrés aussi aiment venir dans les Monoprix. L'entrée, les lumières, la vue des étalages sont gratuites.

Les jeunes du quartier y passent des heures à traîner aux rayons des disques et des vêtements. Ils crânent devant les vendeuses coincées derrière leur caisse. Ils se balancent et font sonner l'argent dans leur poche, quand ils en ont.

Tous ceux-là, les vieux, les travailleurs étrangers, les jeunes pas bien corrects et prêts à la fauche, étaient mes copains. Malheureusement, c'était justement ceux-là qu'on m'ordonnait de surveiller. On me disait : « Ouvre l'œil, vl'à encore des négros ! » ou alors : « Va voir ce qu'ils veulent ces petits voyous qui tournent autour des blousons depuis dix minutes. » Je ne pouvais pas dire non, mais je ne faisais que passer près d'eux en leur lançant un sourire qui signifiait : « Piquez tout ce que vous voulez, c'est pas mes oignons. » Mais en général, l'appari-

43

tion d'une blouse rose suffisait à les disperser, quitte à ce qu'ils reviennent deux minutes plus tard.

Une fois, deux petites filles arabes admiraient les parfums et les produits de beauté dans leurs emballages dorés. La directrice les a interpellées : « Restez pas là, les mômes, vous n'avez pas d'argent, on ne veut pas de vous ici. Allez plutôt vous laver, sales gosses ! » Les fillettes se sont éloignées, terrorisées. Mais quand la directrice a eu tourné les talons, elles sont revenues. Elles ont ouvert un petit flacon d'eau de toilette et ont commencé à se frotter le visage avec pour se nettoyer. La vendeuse les a surprises, elle a prévenu la directrice et en deux temps trois mouvements les deux petites en larmes étaient embarquées dans un car de police. Cela se passait peu avant mon heure de déjeuner. J'ai quitté le magasin complètement écœurée, désespérée de n'avoir rien pu empêcher et je n'y ai plus jamais remis les pieds, même comme cliente.

C'est pour ces clients-là, pas rois du tout, qui comme moi n'ont pas beaucoup d'argent, que je fréquente ces magasins. J'en connais les coulisses. Chaque rayon m'est familier et les vendeuses au visage indifférent également. Je sais quelle cohue il y a dans les vestiaires mal éclairés, jamais aérés, où ça sent la sueur et les parfums mélangés. Je sais que le coin repos au fond d'un couloir mesure trois mètres carré, et qu'il n'y a qu'une petite table bancale et deux ou trois tabourets crasseux pour s'asseoir en buvant un verre d'eau colorée d'une larme de mauvais sirop. Je revois la pointeuse et les tableaux métalliques où chacune dépose son carton de pointage numéroté. Il y a une couleur par horaire et classification. Il est rare d'être embauché à temps complet. On préfère embaucher des vendeuses à temps partiel suivant les heures d'affluence. Cela évite d'avoir du personnel qui profite des temps morts pour discuter. De toute façon, il ne faut jamais s'arrêter, alors on range les rayons, et surtout aux nouveautés, ce n'est pas marrant. Une personne déplie un pull puis un autre et part en les laissant en bouchon. Pour ne pas tout avoir à faire en fin de journée, on se précipite pour replier les pulls qui seront de nouveau dépliés quelques instants plus tard. Et ainsi de suite...

Le soir, il faut faire la caisse, compter les billets, la monnaie, faire des rouleaux avec les pièces, les dix centimes avec les dix centimes, les francs avec les francs. Pour ne pas rester après l'heure, on commence un peu avant la fermeture des portes. Et c'est à ce moment-là qu'arrive le client de dernière minute qui veut payer une brosse à dents avec un billet de cent francs. Quand enfin ça sonne, à 19 heures, 20 heures ou 22 heures suivant le cas, c'est comme un manège qui s'arrêterait brusquement de tourner. Les néons baissent. La musique et les messages publicitaires qu'à force on n'entendait plus s'éteignent pour de bon et on redécouvre le silence. Les caisses enregistreuses vidées ne servent plus à rien, leur

tiroirs restent ouverts en attendant le lendemain.
Des vendeuses en rose se pressent de tous les
coins du magasin vers les vestiaires du person-
nel, on ne se doutait pas qu'il y en avait tant.
Leurs voix résonnent : « En v'là une de tirée ! »
« A demain, les filles ! » « Salut tout le monde ! »

Le plus mauvais moment de l'année pour moi,
c'était l'époque de la Toussaint. J'étais dehors,
sur le trottoir, à débiter des chrysanthèmes. Je
n'avais jamais eu d'attirance particulière pour
les chrysanthèmes, mais c'est au Monoprix que
j'ai commencé à les détester franchement. Grosses fleurs aux couleurs fades, même sortant de
terre je leur trouvais un air artificiel. Je les
emballais dans du papier transparent, je m'y
prenais mal, le papier refusait de faire un cône,
se dérobait, tombait dans les flaques d'eau, je
me piquais avec l'aiguille et les clientes impa-
tientes me décrivaient les tombes de leurs chers
disparus. Ma blouse de coton était transpercée
par le vent. Pour me réchauffer, j'entrais quelques secondes à l'intérieur du magasin. Je me
faisais régulièrement surprendre par le chef qui
m'accusait de laisser délibérément les marchan-
dises sans surveillance.

A l'époque, j'habitais une chambre de bonne
sous les toits, accès par l'escalier de service et
eau froide sur le palier. Je n'y étais pas mal, j'y
vivais peu. J'étais amoureuse, souvent, et ce
n'était pas grave. Quand ces amours-copains s'ef-
fritaient, j'étais malheureuse quelques jours, mais
ce n'était pas désagréable. Je me doutais que cela

ne durerait pas, qu'un jour il y aurait un couple, voire une famille, qui me cacherait la forêt. Mais j'essayais de me persuader qu'on pouvait vivre autrement que les jeunes croulants de vingt-cinq ans que je voyais se caser entre leur boulot stable, leur marmot et leur chaîne hi-fi. Et voilà que je fais quarante kilomètres pour prendre un bain tranquillement !

J'achète mon flacon de produit moussant pour le bain. Je me promène entre les rayons. Je ne m'offrirai pas de pull. Je réserve ce genre d'entorse aux jours de paye ou de grande déprime. Par contre, j'ai besoin d'un roman en livre de poche pour occuper ma soirée. J'hésite toujours à choisir un livre. J'ai peur de faire de la peine aux autres. J'ai peur d'être déçue. Je reste fidèle à certains auteurs, les femmes surtout quand il s'agit de romans. Je prends celui de Christiane Rochefort que je n'ai pas encore lu. Dommage qu'il soit court. J'aime les gros livres qu'on retrouve jour après jour. Les personnages avec lesquels on vit longtemps, auxquels on pense avant d'avoir terminé la lecture et qu'on retrouve comme des amis à chaque chapitre. J'aime m'installer dans un climat, un langage qui me dépayse. Souvent j'ai envie de répondre à l'auteur, de lui écrire, mais je ne l'ai jamais fait de peur d'être jugée et de casser l'émotion première de ma lecture. J'ai tellement lu, en particulier pendant les dimanches pluvieux de mon adolescence, que la frontière entre ma vie et celle des autres m'a toujours semblé floue. Mon avenir je le voyais comme un roman et j'écrivais mon journal avec l'emphase propre aux mémoires de guerre.

Me voilà équipée. En sortant du Prisunic, je m'aperçois que la nuit est tombée. Déjà. Décidément l'hiver n'en finit plus. Je retourne à l'hôtel du Port. Il est 6 h 30 à la grosse pendule, la patronne qui m'a à l'œil me lance : « Le dîner est servi à 19 h 30. » Bien, chef, on y sera.

De retour dans ma chambre, je sors mon bouquin neuf et m'allonge sur le lit sans retirer mes bottes, exprès pour narguer les démons domestiques.

Avant de me mettre à lire, je respire l'odeur du papier, de l'encre, de la couverture glacée. Ce parfum d'imprimerie crée une atmosphère complice entre mon regard et la chose qui va se mettre à vivre. Je reconnais les éditions à leurs arômes délicats ou puissants. Lire est aussi un plaisir physique. Je sens un livre. J'écoute le bruit de ses pages. Je les palpe. J'aime regarder sans chercher à comprendre les lettres, les mots accolés, rythmés par leur longueur et leur espacement. Je contemple les paragraphes comme de petits tableaux, chacun a sa propre harmonie. Le livre prend son souffle dans l'arrangement de ses silences et je respire à son tempo. C'est un compagnon docile, s'il s'ouvre, quand je veux, à la page marquée et me fait taire. Nous cohabitons des heures, des jours, des semaines parfois et mes humeurs jouent sur les lignes.

Les derniers mots d'un livre sont à la fois une déchirure et un soulagement. Mon travail est achevé. Mais j'ai lu trop vite, je regrette que ce lien soit rompu. Et cet écrivain qui n'a plus rien à dire me déçoit. Impossible de relire, l'heureuse surprise ne se reproduira pas. J'ai été, une fois de plus, trompée, ma vie n'a pas changé. Tout de suite, je cherche un autre livre où accrocher mes mirages. Je suis l'héroïne d'une foule d'histoires inconnues.

J'ai lu une soixantaine de pages. J'ai tellement l'habitude d'être interrompue quand je lis, soit par les autres, soit par des « mieux à faire », soit tout bonnement par la fatigue, que je m'arrête de moi-même. A quatorze ans je pouvais dévorer un volume double d'une seule traite. J'ai perdu cette faculté. De toute façon je crois qu'il est l'heure d'aller manger.

Un coup de peigne. La politesse. Devant la glace de l'armoire, je me méfie de l'autre, celle qui me traque au-dessus du lavabo, et je descends à la salle à manger. Je ne suis ni en retard ni en avance, il est 19 h 30 précises à l'horloge et la logeuse paraît agréablement surprise de ma ponctualité.

Quelques tables sont déjà occupées. Je n'avais pas imaginé que d'autres puissent manger, dormir, ici, ce soir, comme si de rien n'était. Cela me dérange. Je m'assois à l'écart devant une petite table nappée de blanc. Je suis placée près de la baie vitrée qui découvre le port.

Un couple entre. L'homme est gros, laid, brun avec des cheveux gris par-çi, par-là. Ses yeux noisette brillent sous des sourcils si épais qu'on dirait des moustaches mal placées. Une mocheté troublante. Une fille, tout habillée de mauve parisien, l'accompagne. Ils discutent de philosophie avec des mots auxquels je ne comprends rien. Ils pensent à autre chose, leurs genoux se frôlent sous la table. C'est sans doute un couple à ses débuts, quand la peur du refus rend attentif.

Je l'ai écouté, moi aussi, mon séducteur, et c'est seulement quand il s'est tu que j'ai commencé à vieillir. Nous parlions de n'importe quoi. Nous nous effleurions par hasard. Les préliminaires devraient durer des années. Je regrette l'époque où nous prenions le temps de nous caresser les mains. Mon futur me regardait dans les yeux pour faire comme dans les films et parce qu'il ne savait plus où poser son regard. J'osai alors, toujours la première, lâcher ses doigts aux ongles rongés pour monter lentement mes mains. Il avait les muscles durs, mon travailleur manuel, cela me plaisait, je les sentais bander sous ma pression. J'étais en sueur et je ne disais rien pour ne pas l'interrompre quand il se décidait à me prendre dans ses bras et s'acharnait d'un air absent sur l'agrafe de mon soutien-gorge. Nerveux, nos gestes gardaient des traces de rendement. Je n'étais pas extraordinairement romantique, mais tout de même, je me disais qu'un jour il m'emmènerait à Venise. Plus tard quand je lui ai posé la question, il m'a répondu : « Venise ? ça pue. »

Ces deux amoureux-là, bien élevés, vident leur sac dans un fatras de mots à cinq syllabes. Ils en ont plein la bouche.

Moi, je n'ai rien à dire. Et personne à qui dire simplement : « Je n'en peux plus », sans me faire rabrouer. Personne pour m'écouter plus de dix minutes d'affilée.

Faudrait que j'enjolive ma conversation. Je pourrais être cultivée, ne serait-ce qu'une fois de temps en temps. Je dirais : « Voyez-vous, très cher, dans la conjoncture actuelle d'aujourd'hui, la classe ouvrière, le prolétariat en tant que tel, je veux dire les masses, en quelque sorte laborieuses, sont, au regard de la phase, je veux dire, de la période, en désarroi politique quelque part, somme toute, en bref, dans une impasse... passe... passeport-pornographe-graffiti-tire-au-flanc... » C'est pas mon truc !

Jean-François, lui, m'avait fait parler. Il a débarqué au local syndical, un matin pendant la grève. Il voulait faire un article pour un journal. Il ne connaissait personne, je lui ai proposé de lui donner des informations sur la lutte. J'étais si fière d'être en grève ! Cela l'intéressait, les luttes ouvrières c'était son dada.

On est allé au café du coin. Il avait de grands yeux verts en amande sous des boucles brunes. Style gaucho-romantique propre. Il m'intimidait un peu. Je ne savais pas par où commencer. Il ne voulait pas me brusquer. Il m'a dit : « Dites ce qui vous vient à l'esprit, on ordonnera plus tard. »

J'ai failli lui dire que je le trouvais beau, mais il avait l'air déjà au courant. Je le regardais me regarder et j'avais chaud aux mains. Je me suis

mise à parler très vite. J'ai raconté la grève,
l'occupation de l'usine, ce que disaient les ouvriers.
Il opinait de la tête et m'interrompait pour m'expliquer les délices futures du pouvoir des travailleurs partout. Il me demandait de temps en temps
une précision. Son regard allait de mon visage
à son calepin. Il était prodigieusement attentif,
parfois, il finissait une phrase avant moi. Quand
j'ai senti qu'à propos de la grève j'arrivais au
bout du rouleau, je suis partie sur la vie ordinaire
à l'usine. Je lui ai raconté comment, pour rire,
on chantait en tenant nos tournevis devant nos
bouches comme des micros. J'ai parlé des informations inventées qui se promènent et se déforment de chaîne en chaîne à la grande joie de
qui a lancé le bruit. J'ai dit les rendez-vous galants
derrière les piles de cartons d'emballage. Il trouvait tout drôle. Il avait posé son stylo et il me
semblait que face à moi, son visage reflétait mes
paroles. Ses lèvres esquissaient le mouvement des
mots que je prononçais. Il riait et s'indignait juste
au bon moment, j'étais bien. Je le trouvais tellement intelligent. Et toujours si beau. Il m'a
touché la main et il m'a dit : « C'est passionnant
tout ce que tu racontes, si c'est ça l'usine, je
m'y embauche tout de suite. »

Je me suis sentie désemparée, j'ai eu peur
d'avoir menti, non, l'usine ce n'est pas beau.
J'ai parlé des accidents de travail, des maladies,
des femmes qui ne tiennent le coup qu'avec des
calmants, de celles qui n'ont plus que la méchanceté comme plaisir. J'ai raconté les femmes qu'on

bat et qui cachent leurs larmes derrière des lunettes noires. Celles dont les enfants « tournent mal » et celles aussi qui ne savent plus pleurer. J'ai dévoilé mes dégoûts à la petite semaine et j'ai pleuré. Il était ému, j'en suis sûre. Je voulais qu'on me plaigne, qu'on m'aide ! Il m'a caressé la joue, gentiment, et je lui en ai voulu. Qu'est-ce qu'il pouvait pour moi ? Ce déballage était inutile, indécent. Il n'irait pas travailler à l'usine, il écrirait un article sur une grève comme les autres et je reprendrais le boulot.

J'aurais dû lui dire que j'aimais la peinture, *les Quatre Saisons* de Vivaldi, les poèmes de Maïakovski, et les tartes aux pommes. Mais cela ne l'intéressait pas. Je n'étais que l'ouvrière en grève, sympathique toutefois, qu'on interviewe. Social, lutte de classe, humain un peu, Jean-François m'a piégée. De beaux yeux et de beaux discours, mais pas d'amour assez.

Je l'ai tant aimé, moi, durant ces deux heureslà, qu'ensuite il ne m'a plus retrouvée quand il a voulu me montrer son article avant de le publier.

La vie continue.

Jean-François, je ne sais plus si je l'ai rencontré. Il y a bien cet article dans mon tiroir mais d'autres que moi ont pu dire ces histoires de grèves. J'ai aimé être en face de lui, mais je ne l'ai pas vu. J'aurais dû le questionner à mon tour et rendre vivants ses yeux verts. J'ai parlé toute seule. Il m'en revient le souvenir précieux. Je suis seule de nouveau. C'est si rare.

C'est drôle de manger sans vis-à-vis, sans avoir à se lever entre chaque plat, sans parler, sans se presser.

Avant-hier, le petit avait fini de manger et nous étions à table. Il pleurnichait pour que je le prenne sur les genoux. Il me tirait par le bras, essayait de m'escalader, me marchait sur les pieds. J'avais beau lui dire de me laisser tranquille, rien n'y faisait. Son père ne bronchait pas. Je ne pouvais plus manger. J'en ai eu marre et j'ai fini par le repousser brutalement. Il est tombé sur le cul et s'est mis à hurler. Son père a gueulé : « Qu'est-ce qui te prend ! T'es folle ! Le fais pas chialer comme ça, il t'a rien fait, ce môme ! » J'ai ramassé le gamin. On pleurait tous les deux. Je l'ai mis au lit et je me suis couchée aussi.

Des incidents de cet ordre n'arrivent pas tous les jours. En général, le moment du repas c'est le quart d'heure de discussion, quand la télé ou le journal ne s'interposent pas. On parle de l'actualité, du syndicat, de l'usine et des copains qu'on y a.

« Tu sais ce qu'on a fait ce matin à l'atelier ?

— Non, c'est quoi ?

— Il faisait froid, le thermomètre n'arrivait pas à cinq degrés. On voyait la buée sortir de nos bouches quand on parlait. Les pièces étaient glacées, on ne pouvait plus travailler. Il y a même une femme qui est tombée dans les pommes à cause du froid. Alors on en a eu assez et on est toutes parties au réfectoire pour se réchauffer.

— Qu'est-ce qu'ils ont dit, les chefs ?

— Ils n'ont rien osé dire. Ils ont eu raison. On était si en colère qu'on les aurait injuriés. Parce que, eux, ils ont des chauffage individuels dans leurs bureaux. On était scandalisé quand on a vu ça. Ils ont raconté que la chaudière était démontée pour être réparée. Mais nous on s'en fout. On a froid et on ne veut pas bosser dans ces conditions. »

On parle aussi des factures qui n'en finissent jamais d'arriver et des sous qui nous manquent. Des mots en surface, pour des maux quotidiens, parce que dire notre mal de vivre, laisser passer nos rêves dans des phrases, pourrait nous séparer. C'est ça la vie, normale, conjugale, comme tout le monde, heureux en ménage, faut pas se faire du roman, y'a pas de quoi fouetter un chat, pauvre bête, la nuit, tous les chats sont gris. Et pendant les nuits blanches, de quelle couleur sont les chats ?

Je suis partie et je me marre.

Un homme en face de moi me regarde, genre VRP nourri de plats en sauce. Il a cru que je lui souriais et son visage mou, dégarni sur les tempes, se fend d'un sourire publicitaire. Merde. Je baisse les yeux. Pas le droit de sourire. Pas le droit de voir. Pas le droit d'être seule. J'écrase mon mégot avant de me lever.

Pas le temps. Le super-robot-batteur-mixeur-broyeur-hacheur qui monte en neige et nettoie les carreaux est debout devant moi.

« Vous permettez que je vous offre un café ? »

Je ne permets rien du tout.

« Non merci, je ne prends pas de café. »

J'espère avoir été assez sèche.

« Une infusion, peut-être ? »

Il agrémente sa question d'un sourire mielleux qui veut dire : la difficulté ne me décourage pas. Je réprime une envie de rire. Un tilleul-menthe pour draguer à Paimpol, il faut le voir pour le croire.

« Non plus. Je ne prends rien.

— Dommage, vous m'êtes très sympathique. »

Qu'est-ce que je fais ? Je me tais et j'agis comme s'il n'était pas là ou je réponds pour bien lui faire comprendre que je n'en ai rien à foutre de ses avances idiotes.

« Excusez-moi mais j'habite chez mes parents, j'ai un œil de verre et je ne viens pas souvent ici. Maintenant laissez-moi passer, s'il vous plaît. »

Sa tête de jeune aspiro-cuiseur a légèrement rougi. Il n'aime pas qu'on le prenne de haut, lui qui est si élégant dans son costume trois pièces beige clair, garanti un an pièces et main-d'œuvre. Je le bouscule pour passer. Je traverse la salle à toute allure et j'enfile le couloir qui mène à l'escalier.

Sa main se pose brusquement sur la rampe. Les jambes écartées, il m'interdit le passage sur la première marche. Rapide le mec, et collant. Ça commence à bien faire.

« Laissez-moi passer !

56

— J'aime pas qu'on se moque de moi.

— Je ne vous ai rien demandé, foutez-moi la paix, c'est tout. »

Je suis rouge de colère. On dirait que cela le réconforte.

« Allons, allons, ma biche, ne nous fâchons pas. Un petit baiser pour bibi. Juste un petit baiser, ce n'est rien.

— Vous ne comprenez pas le français ? Je vous dis de me laisser. J'aurais une tête de veau comme la vôtre, je n'oserais même pas sortir dans la rue ! »

Un point pour moi. Il se croit irrésistible. Il reste un instant sans réplique à cuver sa fureur. Je pose un pied sur la marche.

« Poussez-vous !

— Retire ce que tu viens de dire. »

Son ton est hargneux. Le tutoiement est une menace précise. J'aurais peut-être mieux fait de me taire. Vexé, il va être encore plus mauvais. Je sens que je n'ai pas le rapport de force. La panique monte en moi devant cette masse de chair qui pue l'after-shave.

« Merde ! »

Ce n'est pas très élaboré, mais cela fait du bien.

« Petite conne, tu provoques ! »

Je ne sais plus si c'est lui ou moi qui provoque. Sa main que je n'aurais pas imaginée si dure me serre le bras. Ce contact me dégoûte. Je voudrais être ailleurs. Si je pouvais j'appellerais mon légitime à mon secours.

« Excuse-toi avec un baiser et tu passeras.

— Je ne vous embrasserai pas, espèce de salaud ! »

Je ne céderai pas, j'en ai marre de ces mecs au droit divin qui ne pensent qu'à nous briser. Sa poigne broie mon bras, ma main blanchit, il me fait mal, la vache.

« Arrêtez ou je crie ! »

Je n'aime pas trop ce type d'arguments mais je suis à bout. Je tremble de tout mon corps, mon cerveau se paralyse. Son autre main s'est abattue sur ma bouche.

Je me débats.

Il est fou. Au secours ! Il va m'étrangler. Là, au pied de cet escalier. Je ne le connais même pas ce bonhomme. Sa main moite me coupe le souffle.

« Salope ! Salope ! Salope ! Tu vas m'embrasser, hein ? Tu vas m'embrasser. »

J'envoie des coups de pied à tort et à travers, qui ne semblent pas l'atteindre. Ses yeux brillent de haine. C'est le diable en personne. Mais non, je ne crois pas au diable. Je m'asphyxie. L'angoisse et la rage me nouent l'estomac. Il continue à me baver dessus. Je vais vomir sur son costume de représentation.

« Tu vas m'embrasser ! Tu vas m'embrasser ! » Il scande ses mots machinalement d'une voix aiguë. Ses yeux ne me voient plus. C'est un fauve. Je vais mourir. C'est affreux, mon fils sera malheureux. Je me vois écroulée sur ces marches, dans une mare de sang frais. Mais qu'est-ce que je suis venue faire ici ? Je sanglote.

Des pas. J'entends des pas.

Est-ce du délire ou la réalité ?

Tout à coup l'étreinte se relâche.

« Je te retrouverai, boudin ! »

Il a filé. Le couple d'amoureux apparaît au bout du couloir. Ils m'ont sauvée, sans le savoir. Sans reprendre mon souffle, je me précipite dans l'escalier. Ma chambre ! La clé tremble au bout de mes doigts. La serrure a disparu. Non. Voilà. Ça y est. Je referme la porte à double tour et je recommence à trembler. Je répète sans pouvoir m'arrêter : « C'est pas juste. C'est pas juste. Pas juste. Pas juste... »

Je ne sais pas si c'est la peur ou la colère qui est la plus violente en moi. Le salaud ! Mais qu'est-ce qu'ils se croient ces mecs ? Ils m'écœurent avec leurs paluches visqueuses, leur bêtise, leur haine. Ça les embête qu'on vive, surtout sans eux. Je les hais. Tous. Tous les mêmes. Ils ne méritent même pas la peur qu'ils inspirent, tiens !

Je bois un grand verre d'eau fraîche. Cela me calme. Je ne me laisserai pas avoir. Ce sale porc ne me gâchera pas tout. C'est trop dégueulasse, trop injuste. Il faut que j'oublie ça. C'est tellement con de telles attaques. Les hommes me font honte. Dire que j'appartiens au même genre qu'eux, cela me révolte ! Leur méchanceté m'humilie. Mais je veux m'en dégager. Ils ne m'auront pas toujours, ce serait trop triste.

Je me détends. Je veux vivre. Moi. Ma vie. Ma fugue. Mes plaisirs. Pour moi seule.

Je vais prendre un bon bain bien chaud.

Je verse dans la baignoire vide une grande giclée de bain moussant bleu foncé, et l'eau qui jaillit fait éclore la mousse et la vapeur comme des fleurs japonaises.

chapitre trois

Marilyn, penchée au-dessus de sa grande baignoire de marbre rose, contemple les bulles de
savon mauves emplir l'espace. Des dizaines de
fioles et flacons d'opaline et de cristal décorent
son salon de bains. Des essences subtiles mêlent
leurs parfums délicats en un bouquet envoûtant.
Une lumière diffuse efface les ombres. Il fait
chaud. Tout est parfait. Marilyn se redresse. Son
déshabillé de soie blanche glisse sur son corps
lisse. Elle ne sait plus si elle est chez elle ou si
elle joue pour la dizième fois une séquence de
film. A tout hasard elle sourit et évite de regarder ses jambes s'enfoncer dans le liquide tiède.

Marilyn s'allonge dans la baignoire de marbre rose. Seul, son visage émerge de la mousse
hollywoodienne. Elle est démaquillée, un turban
emprisonne ses cheveux.

C'est bien son corps à elle, imparfait, loin des
projecteurs et des caméras, son corps qui fond
dans l'eau, son corps qui s'oublie. Les paupières
closes, Marilyn ne sourit plus. Elle s'abandonne.

Elle sent l'eau, qui la protège, s'infiltrer dans les moindres interstices de sa chair. Elle se réconcilie avec son corps caché, frappé, vendu. Elle connaît ses défauts, ses faiblesses. Elle écarte les jambes et vacille sous les imperceptibles caresses du bain. L'eau chaude continue de couler pour maintenir une température agréable. Cela pourrait durer des heures.

Marilyn vaporeuse. Marilyn voluptueuse. Marilyn pulpeuse, langoureuse, alanguie. Marilyn amollie, abolie. Marilyn jouit.

Marilyn ne se savonne pas. Ne se frotte pas au gant de crin. Ce n'est pas un bain pour se nettoyer. C'est un bain de luxe, pour le plaisir. Un bain de marbre rose et de mousse mauve pour gommer les peines et les fatigues. Une eau parfumée pour noyer les mensonges. Un lieu de solitude pour être triste, si elle veut.

Marilyn pète dans l'eau et regarde la bulle de son vent remonter à la surface et éclater de joie dans cette atmosphère de hammam. Marilyn rigole. A la prochaine interview, elle fera le coup :

« Chère Grande Marilyn, qu'aimez-vous le plus dans la vie ? Les hommes ? Le cinéma ?

— Ni l'un ni l'autre, mon cher ; ce que j'adore, c'est péter dans l'eau ».

Elle sait bien que ce n'est pas possible. On dirait : Marilyn est en pleine dépression. Les journalistes iraient raconter partout que la somptueuse Marilyn est intellectuellement primitive et affectivement bloquée au stade anal.

Impossible aussi de dire qu'elle aime pisser

dans les bidets et que c'est tout ce qui lui reste
de son enfance avec wc dans la cour.

Marilyn sort une jambe de la mousse. Un frisson mignon passe sur son mollet. Des bribes
de mousse sont restées prisonnières de ses poils
et tracent des filets blancs autour de ses rondeurs.

Marilyn a du poil aux pattes.

Marilyn a de gros genoux.

Marilyn travaille à la chaîne.

Marilyn s'appelle Maryvonne.

Et Maryvonne a les seins qui tombent.

C'est la faute de la grossesse. Ma poitrine
avait gonflé, gonflé, c'était phénoménal, surtout
après l'accouchement, lors de la montée de lait.
J'avais des nichons gros comme des pastèques.
Plus moyen de trouver de soutien-gorge à ma
taille dans toute la ville. J'étais si embarrassée
de ce débordement de chair que je ne savais
plus comment me tourner dans mon petit lit
d'hôpital. J'étais la douloureuse femme-mamelles.

Forcément quand tout cela a dégonflé, les
chairs détendues sont allées s'avachir lâchement
au niveau de l'estomac. C'est pas grave. J'ai de
belles oreilles quand même. C'est ce que disait
ma grand-mère. J'ai de très jolies petites oreilles,
absolument inutilisables sur le marché du travail
ou de la séduction. Qui remarque de belles
oreilles, à part une grand-mère minutieuse cher-
chant l'air de famille sur un corps de fillette.
J'ai de belles oreilles et tout le monde s'en fout.

J'écarte la mousse et je vois mon ventre. Plat.
Comme s'il n'avait jamais été plein à craquer.

Comme si personne ne l'avait habité. Je sens sa paix, son vide.

J'aimais ma bedaine qui défiait les ceintures, qui mettait ses distances entre les autres et moi. Le dernier jour de grossesse que j'ai passé à l'usine, j'étais très fatiguée, mais je ne m'en rendais pas bien compte. Au détour d'une allée, je n'ai pas réagi à un coup de klaxon de Fenwick et je me suis heurtée, ventre en avant, à l'engin élévateur, qui heureusement n'allait pas vite. J'ai pensé : « Tu vois, mon bébé, l'usine, ça fait mal. »

Mon ventre immobile ne bronche plus. La mémoire de la douleur me revient. Je devais accoucher, noble tâche, violence inévitable et nulle gloire à la clé. Je n'ai rien compris. Il fallait que je fasse bonne figure à cette torture misérable mais je voulais crier. Mon accouchement n'était pas beau. Mon fils prématuré et mon corps affolé m'ont faite autre. Les yeux rivés au plafonnier qui m'éblouissait, je répétais : « Je veux m'en aller, laissez-moi, je veux partir. »

Je suis écrasée, broyée, épouvantée. Faut-il donc que quelque chose en moi soit détruit pour que naisse mon petit ?

Enfin, après des heures de combat, je l'expulse de moi, ce bourreau. C'est la fin des déchirements, le calme revient. Je ne reconnais que la joie de ne plus souffrir. Instinct de conservation ou instinct maternel ? J'adore la naissance de mon enfant. Jamais il ne pourra me créer autant de souffrance et d'émotion. Jamais je ne l'aimerai autant qu'en ce moment où il me délivre. Ce n'est pas sa main, ce n'est pas sa tête, son tout petit pénis, qui m'ont violée, c'est tout son corps vierge qui m'a fait l'amour en passant, qui m'a éventrée, d'un seul mouvement.

Et puis, mon enfant, cet autre en moi, s'éloigne et devient un nourrisson inconnu qui boit, dort et pisse. Je n'ai pas oublié cette mort jolie qui a laissé un pli d'amertume autour de mon nombril.

Je me love dans l'eau. Je suis le fœtus géant aux mains ridées. Je patauge. Propre.

Mes mains ont enfin perdu le gris qui persistait au bout de mes doigts malgré les lavages répétés. Je ne supporte plus d'avoir les mains sales, pleines de graisse noire et de poussière où brillent des copeaux de cuivre, des fragments de plomb ou d'aluminium. Cela me prend en plein travail, subitement mes mains me tombent sous les yeux et je ne les reconnais pas, elles me dégoûtent, je me précipite au lavabo pour les nettoyer. Je frotte comme une forcenée. Elles émergent du savon et de l'eau froide plus rouges que blanches. Je suis entière. Je traîne un peu dans l'allée entre les machines avant de regagner ma place. Je fais celle qui visite. Quel drôle d'endroit, ma foi, ces yeux baissés, ces mains qui s'agitent, ces visages découpés comme dans des tableaux abstraits par les câbles et les tuyaux qui arrêtent le regard.

Tout a l'air irréel à force d'être brutal et compliqué. On ne voit pas les ouvriers au milieu des pièces, on les devine à une mèche de cheveux qui pointe entre deux machines ou à un pied qui dépasse sous un container. Je sais, moi, qui est là. Je connais les prénoms et souvent des morceaux de vie de ceux qui travaillent avec moi. Je me dirige sans m'égarer dans un dédale d'appareils, je suis chez moi, et je reprends ma place. Mes mains s'enfouissent encore dans la crasse.

Nos mains racontent notre vie. Pendant la dernière grève, les mains des ouvrières s'activaient dans la douceur des laines à tricoter. Les lieux de précipitation et de bruit de l'usine étaient devenus des lieux de loisir. Assises sur des caisses ou des paniers métalliques, les femmes faisaient salon. Au réfectoire on tapait la belote. Pour les meetings du matin ou du soir, tout le monde se rassemblait dans la grande allée devant les vestiaires. Je militais comme si tout devait changer.

Par l'escalier de fer, je monte sur la passerelle qui surplombe l'allée. A quatre mètres au-dessous de moi, douze, treize, quinze cents ouvriers se massent en chahutant un peu. C'est un énorme flot bleu qui s'avance vers la passerelle. Je connais les visages qui se lèvent vers le micro. Ils sont attentifs, presque graves. Le meeting va commencer. Je m'approche du micro et je regarde loin devant moi, au fond du couloir, là où les traits des grévistes ne sont plus distincts. J'ai écrit mon intervention en grosses lettres rouges pour ne rien oublier de ce que j'ai à dire. Le silence s'est fait, on attend que je me lance. J'y vais : « Camara-

des !... » Ma voix amplifiée par la sono du syndicat rebondit de tête en tête. Mes jambes trem-
blent. Je reprends mon souffle et d'un ton assuré
je parle, oubliant mon papier : « Nous tous, hommes et femmes, jeunes et vieux, unis dans cette
lutte... » On m'écoute, j'ai peur de dire une bêtise. « ... Plus un seul appareil ne doit sortir de
l'usine... organiser des piquets de grève... » Par
vagues, des murmures traversent la foule. Je ter-
mine en élevant la voix : « ... Nous sommes les
plus forts... nous le montrerons... nous gagne-
rons ! » Des milliers de mains sortent des poches
pour applaudir. Je regarde mes potes qui me font
des clins d'œil. On se laisse aller à croire que
tout peut changer.

Mais on gagne quelques sous et on reprend
les habitudes et les cadences, la grève et ses
espoirs indécents sont perdus.

Plus qu'avant, tout est routine, contraintes.
Les appareils dont le métal me cisaille les doigts.
Le chef qui lance un coup d'œil à sa montre
quand je discute un instant avec une copine.

On recommence à se lever tôt, exprès avant
le jour pour être encore suffisamment abruti
et n'avoir pas le réflexe de réagir. Tous les
matins je frôle le retard, quelquefois j'y plonge
et une fois l'heure passée, je me détends. Retard
pour retard, autant ne plus se presser. On m'in-
terpelle quand j'arrive enfin faussement désolée :
« Alors, Maryvonne, t'es restée collée ? »

On finit par avoir une pendule dans la tête.
On ouvre les yeux juste avant que le réveil sonne,

même si on n'a pas assez dormi. On mange aux mêmes heures avec ou sans appétit, toujours vite, sans s'en rendre compte. Beaucoup se résignent et finissent par dire : « Faut accepter ce que l'on ne peut pas empêcher. » Je voudrais tellement qu'on empêche tout ça !

Pendant la grève, j'étais amoureuse d'un ouvrier aux sourires faciles. Dans un défilé, nos regards se sont croisés. Nous nous sommes rapprochés l'un de l'autre, je lui ai pris la main, la joie passait entre nos doigts. Furtivement, nous nous sommes embrassés au milieu des autres qui chantaient et nous bousculaient. Puis nous nous sommes de nouveau laissé séparer par le flot des grévistes. Une copine m'a lancé : « Rougis pas, Maryvonne, après tout c'est ton mari ! »

Je voudrais que les hommes n'aient plus de raison d'écourter le temps d'aimer, que la parole vienne aux silencieux. On boirait de l'eau de rose à grandes rasades !

Je divague. Je suis vague.

L'eau tiède m'engourdit. Je me sens lourde. Je n'ai plus de force pour remuer. L'ouvrière en cavale, réfugiée au fond d'une baignoire d'hôtel, meurt d'inaction. « C'était prévisible, le choc a été trop dur, elle n'avait pas l'habitude. » Je pourrais m'endormir, là, tout doucement, pour toujours, noyée et sans passion. Mais l'eau refroidit.

La fraîcheur la saisit.

Après une course éperdue à travers les bois et les taillis qui lui griffaient les jambes, Maryvonne atteignit un lac. Le chemin s'arrêtait là. Elle s'immobilisa essoufflée et se retourna. L'homme était distancé. Bientôt elle entendit encore le bruit de ses pas qui faisaient craquer les branches mortes sur le sol. Sans plus réfléchir, elle se jeta à l'eau. Elle se mit à nager furieusement, frappant l'eau de toutes ses forces. Ses vêtements collés contre son corps entravaient sa progression. Mais quand elle tourna la tête, une deuxième fois, elle s'aperçut que l'homme arrivé au bord du lac avait tourné les talons et s'éloignait. Il abandonnait la partie. Pour cette fois, elle était sauvée. Les derniers mètres avant de toucher la berge furent un vrai calvaire. Elle n'en pouvait plus et dut faire appel à toute sa volonté de vivre pour ne pas se laisser couler. Épuisée, elle se hissa à grand-peine sur la rive en s'accrochant aux roseaux et une fois hors de l'eau elle resta un long moment étendue sans vie sur l'herbe, le visage contre la terre humide. Puis elle fut parcourue de frissons, ses membres glacés tremblaient, elle se releva péniblement, enjamba le rebord de la baignoire, saisit la serviette éponge qui pendait à sa gauche et se frictionna vigoureusement pour se réchauffer.

Les draps sont en coton blanc, un peu épais, au contact rude, ils me font penser à un trousseau de jeune fille d'avant-guerre. Mais ma logeuse de cette nuit est inconcevable en rosière.

Je m'étale en diagonale. Toute la place du 140 est pour moi. C'est un espace reconquis où je peux m'étendre, tourner, virer, faire les pieds au mur et laisser la lumière allumée toute la nuit si j'ai peur du noir. Personne ne viendra déranger mes rêves. Je ne serai pas soumise à des gestes d'amour sans désir. Je n'aurai pas à faire semblant. Je ne déguiserai pas des cris de rage en gémissements de plaisir.

Au début, je n'étais pas si froide. J'avais envie de lui tout le temps, je croyais que rien ne pourrait assouvir cette tension de mon corps.

La première fois que je l'ai vu, en bleu de travail dans l'atelier au milieu de la chaîne, il était penché sur un appareil avec ses outils et vissait un boulon d'un air douloureux. Tout ce qu'il y avait autour de son visage quand il s'est tourné vers moi s'est aboli. Et, en lui disant je t'aime du regard, j'ai rougi jusqu'au creux des reins. La tendresse est inconvenante en usine. Nous attendions cinq heures avec cette soif terrible de nous retrouver pour tout oublier. Nous nous serrions si fort l'un contre l'autre que l'air ne passait plus.

Après une journée dans le fracas des tôles, nous nous écoutions murmurer avec ravissement. Nos mains engourdies, durcies par les outils, cherchaient à travers les caresses à s'adoucir, à se blanchir. Nous étions comme ces petits enfants qui sortent de l'école en courant et se jettent dans les bras de leur mère. Notre plaisir physique n'était qu'un signe minuscule de notre connivence. Nous parlions de ce que nous avions vécu séparément et tout concourait à notre rencontre. L'attente avait été longue mais nous nous trouvions, nous retrouvions et il fallait rattraper le temps perdu et vivre enfin. Amour. Toujours. Éternel. Nous abusions de ce vocabulaire naïf en regrettant de ne pas en avoir l'exclusivité. Nous n'avions rien à voir avec ces sentiments ordinaires qui occupaient les autres. Nous étions différents, nous seuls savions aimer. Notre rencontre sûrement prédestinée nous faisait la grosse tête.

Je le contemplais, lui si beau, et le son de sa voix me hérissait les sens. Je l'effleurais et, par ricochet, sa chaleur envahissait toute ma personne. Nous accomplirions des miracles. Tout devait être grand, comme notre amour. Pour le petit déjeuner, j'achetais deux douzaines de croissants, quitte à les laisser moisir dans un placard.

Nous faisions l'amour souvent, il y avait encore dans nos veines plus de sang que de limaille.

L'enfer gagne du terrain, chaque nuit davantage.

Nos corps se séparent à six heures et demie et ont de plus en plus de mal, le soir venu, à s'attendrir. Je me disais, je le suivrais n'importe où et il ne m'a emmenée nulle part.

Je me casse. J'ai mis les voiles. Mon esprit joue à saute-mouton avec les réalités.

Quand je rentrerai, car je rentrerai, tout aura changé. Il me prendra dans ses bras et me dira : « Je t'aime », comme au début, avec des yeux un peu fous. Nous sécherons le boulot toute la journée pour prendre le temps de parler et de nous caresser comme avant. Certains soirs, en quittant les machines, nous irons voir la mer, si belle l'hiver, et il me dira : « J'ai pensé à toi toute la journée et maintenant que nous sommes ensemble, je te découvre encore. » Je serai rassurée et nous pourrons changer de sujet.

Mais nous n'avons pas le temps. Nous nous croisons, nous nous côtoyons parfois sans y prendre garde.

Alors, je suis dans la lune. J'imagine. Je rêve. J'invente le bel amour qui entre dans ma chambre où les tapis de haute laine rivalisent de luxe avec mes sentiments de satin. Il est couvert de broderies, de dentelles et de paillettes. Ses yeux maquillés de fards aux reflets dorés me sourient. Je me vautre dans les fourrures parfumées et il me rejoint, félin, dans le froufrou de son peignoir en lamé. Le cliquetis des bracelets d'or et des pierreries de nos phrases accompagne nos ébats raffinés. Mon bel amour se pâme de plaisir en offrant son corps lisse à mes caresses. Il reste immobile et pudique sous mes baisers. Il me laisse découvrir peu à peu sa peau et gémit doucement sous mes doigts. C'est moi qui fais tout. Lui jouit longuement, sans bouger. Puis, d'un coup précis, aigu et brillant comme l'argent affûté du poignard, je transperce son sein et atteins son cœur. Son visage frémit à peine. Il ne m'échappera plus. L'auréole rouge s'étend sur sa chemise de soie, tout autour du poignard ciselé. J'aurai cet amour pour toujours. Vraiment. Un amour juste pour l'amour. Pas un amour qu'on paye à tempérament pendant trente ans.

Hélas ! ce n'est pas tout à fait mon genre, mon siècle, mon histoire. Nos mœurs, comme nos vêtements, sont classiques, un peu « sport » et très ouvrières. A part peut-être les oreilles, je n'ai rien de fatal et mon mari se porte bien, merci.

Je prends ma pilule. J'ai été attrapée une fois, ça suffit. Je traîne toujours ma plaquette avec moi. C'est mon seul bagage indispensable. Je n'aime pas les oublis, les actes manqués, les lapsus, les prétextes qui déflorent les cachotteries du désir.

Qu'est-ce qu'il fait, lui, à cet instant ? Est-il couché, comme moi ? Est-il surpris d'être seul ? Heureux d'avoir tout le lit conjugal pour s'allonger ?

Il est encore trop tôt. Il va regarder la télé jusqu'à la fin des programmes pour se distraire des questions qui le turlupinent. Ensuite, il mettra un disque et essaiera de fixer son attention sur un bouquin en fumant gauloise sur gauloise.

Dans la cuisine, la vaisselle de son repas attend mon retour. Il reste un moment immobile, les yeux dans le vide. Puis il relit les pages qu'il vient de quitter sans s'apercevoir que c'est la troisième fois. Il en a assez de cette histoire. Il repousse le livre et décide d'aller se coucher. Elle arrivera quand elle arrivera, faut pas qu'il se tracasse. Faut qu'il dorme. Avant de monter dans la chambre, il vérifie qu'il y a suffisamment de café pour son petit déjeuner.

En entrant dans la chambre il s'étonne à nouveau de mon absence. Il aurait voulu croire que j'étais tout simplement allée me coucher avant lui, comme cela arrive souvent. Je ne suis pas là, endormie sous les couvertures. L'épreuve continue. Il dormira seul et se réveillera seul. Il se dit, si elle rentre avant que j'aie fini de compter jusqu'à dix, je la serre dans mes bras et je ne lui fais aucun reproche. On s'expliquera une autre fois. Il compte, lentement, neuf, dix. Rien. C'est la vie, il y a des hauts et des bas. Faut pas être idéaliste. Il se couche et il finit par s'endormir. On n'est pas à vingt-quatre heures près.

On est marié, pourquoi se plaire ? J'essaie encore quelquefois en prenant prétexte des fêtes autorisées par le calendrier.

Pour un réveillon de Noël entre amis, je me fais belle. Je veux provoquer les regards. Je veux séduire et être une autre... Il faut que mes cheveux brillent à la lumière du feu de bois. Mon corps, mes gestes, ma voix sont souples, sans douleurs, sans heurts, sans heures. Je veux que mes yeux maquillés deviennent charmes à travers la flamme des bougies. Que mon visage qu'il sait par cœur lui paraisse nouveau, pur. Moi aussi je serais une femme troublante, femme-désir, femme de rêve, si je veux, s'il m'aime. Tant pis si j'ai besoin d'une touche de fard pour avoir bonne mine, ce n'est pas un masque, c'est une découverte. Nous ferons l'amour sans habitude. Tu oublieras mes mains trop plissées et trop sèches pour mon âge, les cals et les égratignures

74

disparaîtront de tes doigts. Je serais cette femme qui te plaît, qu'il me plaît d'inventer pour toi.

Si tu te dérobes à l'illusion, si tu m'aimes comme tous les jours, j'ai échoué. La magie devient un déguisement ridicule. Les vapeurs de vin et de tabac te donnent, solitaire, un autre plaisir. Mon rêve s'effrite sur ton sommeil lourd. Tu ne veux pas me connaître. Il ne reste qu'un petit matin barbouillé et une jolie robe froissée qui traîne sur le plancher.

Si ça se trouve il ne verra même pas que je suis partie.

Lui, il va acheter un pain au coin de la rue et revient deux heures plus tard. Tout est prêt, il ne dit rien, il mange et regarde la télé. J'ai mal au ventre, je vais me coucher. Je ne m'endors pas avant qu'il m'ait rejointe. Quand il est près de moi j'ai peur en le frôlant que cela lui donne envie de faire l'amour. Je ne veux pas de ses caresses méthodiques, rapides et silencieuses. Je murmure bêtement : « Bouge pas, je dors, bouge pas, tu me fais des courants d'air avec les couvertures, bouge pas. » Il immobilise son bras autour de ma taille et s'endort comme son fils tenant son nounours.

Demain il faudra se relever, frustré de chaleur et de sommeil. Se lever à la sonnerie impérative du réveil, pour avoir froid. Se quitter soi-même et se donner à l'usine, la mort dans l'âme.

Je tourne tout ça dans ma tête et je ne trouve plus le sommeil, pourtant je suis fourbue. Je cherche indéfiniment une position pour dormir.

Toutes me font mal. Je manque d'espace, d'air, la migraine enfle sous mon crâne et menace de tout faire exploser. Je voudrais gémir, pleurer à gros sanglots, crier, mais je n'ose pas. Je me relève et, à tâtons, dans l'obscurité pour ne pas réveiller l'autre, j'avale deux cachets d'aspirine ou un somnifère. Je rêve que j'ai sommeil. Mon corps s'effondre, mes membres trop lourds pendent dans le vide et m'entraînent vers un gouffre. Je glisse. Je tombe, incapable de résister à la force qui m'écrase. Je suis déshabillée et ma nudité épaisse me fait honte. Je suis si fatiguée. Mais je n'ai pas le droit de m'écrouler, on me parle, on me regarde, on me juge. Je m'efforce, désespérément, de garder une contenance humaine, mais je me sens plus pitoyable qu'un morceau de mou sanguinolent à l'étal d'un boucher. Je coule. Je dégouline. Ma volonté engloutie ne me permet plus de tenir mes yeux ouverts. Tous, le chef d'atelier, le secrétaire du syndicat, les collègues, mon mari, mon fils, me regardent avec dégoût. Je suis lâche. Je ne suis plus qu'une tache de boue malodorante répandue sur le sol. On me foule en passant et en jurant. Les autres continuent à s'agiter, à faire tourner des manèges et des kaléidoscopes dans un bruit de crécelle. On me dénonce. Je suis inerte. Je ne peux plus lutter. J'ai trop sommeil. Je m'endors.

Le lendemain, j'ai la bouche pâteuse, les yeux gonflés, l'esprit dans le brouillard et des mouvements mous. Je bois du café pour faire le rendement et le soir je suis trop énervée pour dormir.

Conne de vie !

Le pire, c'est que même si j'avais su tout ce qui m'attendait au détour de la jeunesse, je n'aurais pas forcément pu y échapper. Je croyais la désirer cette vie. Travailler pour gagner sa vie, avoir un homme et des enfants à domicile pour l'amour, posséder une voiture et quelques meubles pour le bien-être et le paraître. « Ronge pas tes ongles, disait mon père, sinon tu trouveras pas de mari. » J'en ai trouvé un. J'aurais peut-être mieux fait de me ronger les ongles et de me faire clocharde.

Faut pas chercher à pisser plus haut que son cul. Le bonheur n'est pas un animal domestique... Et alors ?

Toi, Maryvonne, t'as de la chance, t'as pas encore connu de grand malheur, regarde Victoire, veuve à vingt-cinq ans. Regarde Arlette dont le fils a été tué. Ma chance ne me console pas, les drames des autres me sont trop cruels. Ils font partie de ma propre misère.

Aux vestiaires, entre deux portes d'armoires métalliques, s'inscrit le visage d'Arlette.

Elle est blanche, défaite, son nez et sa bouche sont pincés comme pour réprimer des sanglots ou se raidir face à la pitié des autres. Ses yeux refusent de voir. Son regard éteint est fixé ailleurs.

Son chagrin m'est insupportable. Je suis assommée. Je ne sais pas quoi dire. Je ne peux rien « Salut Arlette », j'arrête de justesse un « ça va ? » malheureux et je file à l'atelier.

Elle n'a été absente que dix jours. Elle marche comme une somnambule. Elle se force à écouter ce qui se dit autour d'elle mais souvent on dirait que les mots ne pénètrent pas la gangue de tristesse qui l'enveloppe. Tout est dérisoire. Elle a vu mourir son enfant.

Il y a dix jours, elle portait un pull joyeux rayé de rose, de jaune et de bleu « pour attirer le printemps ». Elle riait parce qu'elle adore plaisanter. Elle me racontait les mots d'enfant de son petit dernier. Je l'aime beaucoup. On se voit peu depuis que l'on ne travaille plus dans le même coin. On se rencontre aux vestiaires. En souvenir du bon temps qu'on a passé ensemble dans les premiers mois où nous étions à l'usine sur la même chaîne, nous sommes restées copines. La grève de l'année dernière nous avait permis de nous retrouver avec joie. Quand il s'agissait de rabattre le caquet des cadres, ses yeux pétillaient de malice.

J'en parle comme d'une défunte. Elle survit pourtant, mais ses rires ne résonnent plus dans l'atelier. Elle n'est ni veuve ni orpheline, mais les deux à la fois. Il n'y a pas de mots pour désigner l'absence irrémédiable d'un enfant qu'on a mis au monde.

La belle Arlette qui frappe dans ses mains en chantant sur les photos prises pendant la grève a disparu un lundi de février.

Le car de ramassage scolaire dépose Nicolas près de chez lui. Il suffit de traverser la route. Il a douze ans. Il sait que la vie n'est pas facile pour les ouvriers. Il n'aime pas voir sa mère fatiguée qui s'énerve quand lui et ses sœurs sont trop turbulents. Il voudrait que tout se passe dans la joie et la tendresse à la maison. Qu'on ait le temps de parler ensemble le soir après le dîner, au lieu de toujours regarder la télé. Mais il y a souvent des disputes plutôt que des conversations. Il voit bien que ses parents ne s'entendent plus aussi bien qu'avant, quand il était petit. Maman est triste et a souvent l'air de s'ennuyer. Elle se venge sur le ménage et les gronde à tout bout de champ. Mais lui, Nicolas, sait que ce ne sont pas seulement les jouets éparpillés partout qui rendent sa mère malheureuse. Il voudrait pouvoir faire quelque chose pour elle. Quand il sera grand, il arrangera tout ça. Ce soir, il espère lui faire plaisir avec ses notes de maths. Il a fait un effort. Il veut montrer que quand il s'applique « il y arrive ». Plus tard, il aura un métier valable. Il ne sait pas encore lequel choisir, mais il ne veut pas être ouvrier. Il sera toujours de bonne humeur.

Nicolas descend du car le premier. Il se précipite pour traverser la route. Il fait cela par cœur, tous les jours, il n'y fait plus attention.

La voiture a surgi.

Trop vite pour s'arrêter.

Le conducteur, au dernier moment, freine de toutes ses forces. Il tente d'éviter l'enfant. Mais Nicolas se jette sur l'auto. Sa tête heurte la poignée de la portière.

Il est étendu sur le bitume.

Son crâne est ouvert en un bandeau sanglant sur son front.

Arlette et son mari ont été prévenus tout de suite. Nicolas vivait encore, le visage ruisselant de sang. Il a été transporté à l'hôpital de Rennes.

Arlette et Nicolas ont lutté pendant trois jours et trois nuits contre la mort.

Arlette essayait d'espérer : « Docteur, dites-moi la vérité, est-ce qu'il peut s'en sortir ? »

L'encéphalogramme est presque plat, l'atteinte au cerveau irrémédiable. Le cœur bat faiblement. Il ne pourra plus vivre. Arlette veut se convaincre qu'il vaut mieux pour lui, qu'il meure en paix.

Arlette a vu le corps de son enfant se raidir en un dernier spasme. Elle a crié. Elle a voulu se jeter par la fenêtre.

Non ! Ce n'est pas possible. Ce n'est pas vrai. Mon enfant, mon tout petit bébé, je t'aime. Je ne me fâcherai plus, je chanterai tout le temps. Tu verras. Ne me laisse pas. J'ai trop mal. C'est trop dur. Nicolas ! Réponds-moi, je t'en supplie. Mon fils est mort. Mon fils est mort. Mort. Et moi, qu'est-ce que je vais faire ? Mon enfant, prends mon cœur, ma tête, ma vie, mais ne meurs pas ! Au secours ! Mon fils est mort. Regardez, il est là, tout blanc sur ce lit.

Où est le salaud qui l'a assassiné ? Je veux qu'il voie ce qu'il a fait à mon Nico.

Arlette s'est mise à pleurer doucement, une immense fatigue est tombée sur ses épaules. Son mari pleurait lui aussi. Il l'a emmenée. Ils sont rentrés chez eux sans parler. Les autres enfants avaient été confiés à leur tante. Arlette s'est enfoncée dans un sommeil lourd et s'est brusquement réveillée en pleine nuit couverte de sueur et terrifiée par un cauchemar. Elle rêvait que Nicolas venait de mourir. Son mari, à côté d'elle, ne dormait pas et étouffait de petits sanglots. Elle n'avait pas rêvé, Nicolas était mort cet après-midi.

Nicolas recommence. Descends du car calmement. Regarde bien à droite et à gauche avant de t'engager sur la chaussée. Voilà, c'est bien. Laisse passer la voiture. Ils sont fous ces chauffeurs, on ne roule pas si vite quand on dépasse un car de ramassage scolaire. Un jour il arrivera un accident. Maintenant la voie est libre, tu peux traverser, Nicolas. Allez, viens, raconte-moi ce que tu as fait en classe. Alors, mon vieux, on se réveille en maths ? On se donne la peine d'écouter le prof ? Je te le dis toujours, Nico, sans les maths, on n'arrive à rien dans la vie. Regarde-moi, j'ai pas voulu apprendre et voilà où j'en suis. T'as pas envie d'être un pauvre con d'ouvrier comme tes parents, dis ? Si mon grand fils réussit, cela me donnera du courage pour travailler. Voilà, c'est simple, il suffit de traverser la route et il est sauvé. Nicolas, pourquoi n'as-tu pas fait attention ? Je te l'ai dit cent fois de regarder avant de traverser.

Déjà tout petit tu étais impossible. Tu m'as coûté une fortune en Mercurochrome et en pansements ! Tu avais peur du noir. Tu refusais d'aller te coucher et tu te réveillais la nuit en hurlant à cause de rêves épouvantables. Combien de nuits blanches ai-je passées auprès de toi ? J'en ai eu du mal pour que tu deviennes un petit garçon en bonne santé. Maintenant que tu travailles bien, que tu es mon gentil petit compagnon, voilà qu'on te tue comme une vulgaire mouche sur un pare-brise.

Je ne peux pas supporter ça.

Quand Arlette n'en peut plus, quand le chagrin monte dans sa gorge et menace de l'étouffer, elle se réfugie aux toilettes et libère un flot de larmes qui la soulage. Elle se persuade qu'avec le temps la douleur deviendra sans doute moins aiguë. D'autres, elle en connaît, sont passées par là. Elle tente d'emprisonner ses angoisses dans le tissu des gestes quotidiens. Quelquefois, elle voudrait tout oublier mais les yeux des autres lui rappellent sa pâleur et ses cernes.

Elle sait qu'elle a l'air vieillie de dix ans, qu'elle intimide. On n'ose plus lui parler comme avant. On se méfie des plaisanteries devant elle. Les rires baissent à son passage. Les mères craignent cette douleur gravée dans son corps et se détournent discrètement dans une peur superstitieuse de la contagion.

Arlette est seule. Ses copines sont là, affectueuses, essayant de comprendre. Mais il n'y a rien à comprendre. Il faut vivre. Elle y arrivera. Elle le veut. Ce sera long.

Je voulais dire à Arlette à quel point je me suis sentie proche d'elle et étrangère à la fois. Mais je redoute que les mots importuns soient mal compris, qu'ils ravivent ce qu'elle cherche à enfouir dans sa mémoire, sans que je puisse la préserver de sa détresse. Je me sens gauche vis-à-vis d'elle. Je rumine sa tristesse qui devient la mienne. Impuissante, idiote, je me tais. Je milite au syndicat. Je voudrais changer le monde et je ne suis même pas capable de dire à mon amie que je souffre avec elle. Je me dégoûte.

Il y a trop de malheurs. Je suis cernée par les cancers, les accidents et les suicides. Il y a toujours quelqu'un pour qui pleurer. Je ne sais plus que faire de tous ces récits tragiques. J'en attrape la migraine. Toute cette misère me démolit, je ne sais même pas invoquer le destin ou croire en Dieu. « Je ne veux plus entendre parler de mort. »

A la pause, les femmes lisent la page des faits divers dans le journal. Puis elles passent à autre chose, on peut pas toujours se lamenter.

« A midi, je vais acheter une parure à la coop. J'ai envie de draps à fleurs.

— C'est avec des draps-housses les parures à la coop ?

— Oui, c'est pratique les draps-housses, ça ne bouge pas, on gagne du temps le matin en faisant les lits.

— Moi, j'aime pas les draps-housses. C'est peut-être bien au lit, mais dans les armoires, ça fait pas joli. On n'arrive jamais à les plier comme il faut, même en les repassant. Non, les draps-housses c'est pas net, j'en achète plus.

— Même pour ton gars ?

— Si, pour mon gars, j'en prends, parce qu'il gigote beaucoup la nuit. Et puis, son armoire à lui n'a pas besoin d'être impeccable, c'est qu'un gosse.

— Et toi, Maryvonne, t'en as des draps-housses ? »

Je lève le nez de mon gobelet.

« Hein ?

— Tu rêves ou quoi ? On discute des draps-housses, qu'est-ce que t'en penses ?

— Oh ! moi tu sais du moment que j'ai un lit pour dormir le reste, je m'en fous ! »

Une ouvrière d'un autre atelier entre au réfectoire.

« Oh dis donc ! T'as vu comme elle a grossi la femme-là ?

— Forcément, patate, elle est enceinte.

— Je sais bien mais tout de même elle devrait se surveiller. Moi je ne me laisserais pas grossir comme ça. Elle aura du mal à perdre, c'est moi qui te le dis.

— C'est pas obligatoire, regarde, moi, pendant ma grossesse j'ai pris seize kilos. J'étais un vrai tonneau. Eh bien, j'ai tout reperdu en peu de temps, et sans faire de régime !

— C'est pas pour tout le monde pareil, y'en a qui restent fortes.

— Je suis sûre qu'elle a pris au moins dix kilos et elle n'en est qu'au sixième mois.

84

— Non, pas au sixième, au septième, elle doit accoucher en même temps que ma belle-sœur qui travaille en robinetterie.

— Je t'assure que non, c'est le sixième. Elle n'a pas commencé les cours d'accouchement.

— Vous voulez que je lui demande ? Chiche ? »

C'est comme ça tous les jours, matin et après-midi, pendant un quart d'heure, on bavarde. Souvent on rigole. Mais j'aimerais qu'on parle d'autre chose que du sol qui brille ou du linge qui sent la lavande. On pourrait se raconter nos rêves, nos peurs, mais personne n'ose commencer. On ne se connaît pas.

Il y a des jours où, sincèrement, l'usine ça manque d'intérêt.

Pour une fois que je m'en évade, j'y suis ramenée par des pensées perfides.

Je suis bien, au chaud, les couvertures remontées jusqu'aux yeux. Je baisse les paupières et j'entends battre mon cœur. Mon corps se confond avec les draps, le lit, la chambre tout entière. Mon corps est un continent tiède où coulent des humeurs vagabondes. J'écoute le murmure de ma chair. Je visite sans hâte. Je remonte le fleuve et m'invente pays. Ni ville ni indigène dans cette contrée inexplorée. Ma main, pirogue de fortune, dérive sur mes hanches. Je suis seule. Le rythme de mon sang dans mes veines guide mes gestes. J'ai caché mon poignard d'argent ciselé sous l'oreiller pour me défendre des fauves et affûter mon crayon. Je m'attarde à reconnaître une colline velue presque inconnue. Le soleil s'y couche entre les arbres et son ardeur est telle qu'il les enflamme à chaque fois. Il me faut en savoir plus. Mon bras effleure mes seins. Je progresse difficilement dans cette région escarpée, aux multiples embûches.

Portée par une nouvelle vague de douceur, je découvre des marées étonnantes. En moi, autour de moi, un vaste monde liquide régit la vie. Parfois, l'eau monte brusquement, reste étale, et, tout aussi vite, redescend je ne sais où et je me retrouve comme une idiote à godiller sur le sec. Je dois donc profiter de la marée haute pour avancer le plus possible mais les courants, qui parcourent sans arrêt le fleuve en travers, me renvoient d'un bord à l'autre sans que je puisse vraiment diriger mon embarcation.

Un oiseau-fruit tournoie dans les airs et pique sur moi. Sa tête m'inquiète, il a l'air aveugle. Il me fonce dessus. Je ne peux pas m'écarter à cause du courant qui m'entraîne. Je crie : « Attention ! » Il s'arrête en vol. Une voix nasillarde lance : « Oh ! pardon, je suis si étourdi, j'ai encore oublié de regarder avant de traverser le fleuve. » Il repart ensuite et je pousse un soupir de soulagement. Je le suis des yeux sur le plafond blanc.

Mes paupières sont entrouvertes. Il est temps que j'éteigne la lumière.

chapitre quatre

Une aube café-crème pointe derrière les rideaux. L'obscurité prend des teintes beiges.

« On s'est rendormis. On va être en retard. Maryvonne, lève-toi ! » Tous les matins, c'est dur de se lever, mais le lundi, c'est pire. « Les nerfs sont tombés », disent les femmes. On est encore plus fatigué que les autres jours de la semaine. L'idée de recommencer toute une semaine de boulot nous coupe les jambes, on voudrait hiberner.

Le dimanche soir, on a eu du mal à se coucher. On a tourné en rond dans la maison, rangeant un objet par-ci par-là, préparant le bleu de travail pour le lendemain et des pièces d'un franc pour le distributeur de boissons. En regardant machinalement le navet du dimanche soir à la télé, on essaye d'oublier que demain c'est lundi et on se couche enfin en maudissant ce dimanche trop court qu'on n'a pas assez vécu.

Les ouvriers pâlichons entrent à l'usine, tête baissée, le dos rond, prêts à encaisser les coups.

Quelquefois, pour faire gag, devant les copines, j'entre à reculons. On rit, mais c'est pas drôle.

J'ouvre les yeux en grognant. Prête à me mettre en branle.

Je ne suis pas chez moi.

Le réveil n'a pas sonné. Il n'y a pas de réveil. J'ai échappé aux surveillances. Je peux m'étirer et me rendormir. Bonheur.

Je n'entends pas, comme tous les matins, les camions qui descendent à toute allure la rue pour rejoindre le port et qui ébranlent les vitres au passage. Seuls les oiseaux de mer se disputent le silence. Les goélands grisards ou argentés, les fous de Bassan, les sternes, les mouettes rieuses, les cormorans huppés, les macareux et autres canards marins, signalent par une multitude de cris modulés leur éveil. Je les écoute. Les sons me reviennent, loin des machines, loin de l'apathie des petits matins sur fond de radio périphérique.

Je devenais sourde et je ne le savais pas.

A l'usine aussi, il y a des animaux, mais on ne les entend pas. C'est tantôt un chat qui poursuit une souris à travers les piles de cartons, tantôt un cafard qui glisse le long des canalisations, tantôt un serpent qui a profité d'un portail ouvert pour se faufiler sous une palette. Une autre fois, on voit une coccinelle qui promène sa casaque rouge sur un container. Mais on n'a pas le temps d'étudier la vie des bêtes dans la métallurgie, notre propre acclimatation est un souci suffisant.

Le bruit, on finit par s'y habituer, c'est vrai, et comme si on n'en avait pas assez, comme si celui qu'on nous impose était encore insuffisant pour nous abrutir complètement, on se met à gueuler, très fort, à taper sur les containers, les chaînes, avec des outils. On se défoule en faisant jaillir une profusion de décibels gratuits. Les nerfs à vif deviennent les fauteurs de tintamarre dans ces concerts de rage improvisés. Le chef, éberlué, constate, mais n'intervient pas de peur que cette violence ne se retourne contre lui. D'ailleurs, lui qui ne joue jamais est plutôt jaloux de cette musique collective. Quand les voix et le tapage ont atteint leur paroxysme, le chahut décroît et s'éteint, nous laissant un peu étourdis. Chacun reprend son allure et ses grincements familiers, jusqu'à la prochaine fois.

Les objets aussi sont détournés de leur usage. Un transpalette devient une trottinette, une poubelle est une planque pour le litre de rouge, un panier métallique se transforme en siège et un morceau de carton en nappe pour le casse-croûte. On se fait des salles à manger semi-clandestines dans les coins d'atelier et l'on festoie dans la poussière à la veille des congés.

Je me réveille plus tard, de moi-même. La lumière du matin s'est carrément installée dans la chambre. Je n'ai plus sommeil. Je suis incapable de dormir longtemps le matin, à force de me lever de bonne heure, à cause du boulot ou du gosse qui se réveille. L'envie d'un café chaud avec des croissants me fait sauter dans mes vêtements, sans regret.

J'ouvre la porte de la chambre, lentement, sans faire de bruit, elle ne grince pas. J'inspecte le couloir. J'ai peur qu'apparaisse mon agresseur d'hier, un méchant sourire aux lèvres. Je respire à peine pour ne pas laisser la panique s'insinuer en moi. Je traverse le couloir et descends l'escalier en courant. Je ne me retourne pas pour éviter que ne se réalise la poursuite que je redoute. Je ne croise personne. Pas même la patronne.

Et si, comme au sortir d'une catastrophe, je me retrouvais seule, sans aucune âme qui vive dans cet hôtel ? Si la ville elle-même avait été désertée à la suite d'une alerte ou d'un cataclysme que dans mon sommeil je n'aurais pas entendu ? Si le monde entier n'était plus que cadavres, ruines et désolation ? Si j'étais l'unique survivante d'une civilisation engloutie par un mal dévastateur ? Peut-être une « excursion » atomique qui tourne mal et dont personne ne revient.

Je marche sur des nuages cotonneux, une foule d'atomes crochus grouillent autour de moi en ricanant. Je sens que je mute. Des pustules vertes éclatent sur mes mains. Mes cheveux se raidissent. Mon surgénérateur bat à tout rompre dans ma poitrine d'acier.

La salle à manger est vide, elle aussi. Non, le serveur est là, dans un coin. Je dépose mon manteau et mon imagination radioactive au portemanteau. Deux tables sont encore dressées pour le petit déjeuner. La mienne et celle du couple que j'ai écouté la veille.

Je m'assois. Le serveur s'approche, affable :

« Bien dormi ?

— Oui, merci.

— Café ?

— Au lait, je vous prie.

— Croissants ?

— Oui, monsieur. »

Il ne dit qu'un mot à la fois, sans doute pour économiser avant la retraite.

Je dévore. Les émotions me creusent l'appétit. D'ailleurs, le reste aussi, j'ai toujours faim, c'est le grand drame de mes hanches. A la même table que la veille, le couple de Parisiens déjeune. J'ai envie de parler à quelqu'un. Jean-François n'arrive pas.

Je me lève.

« Bonjour, excusez-moi de vous déranger, je voulais vous dire qu'hier, grâce à vous, j'ai échappé à un viol. »

Je les dérange. Ils ont l'air interloqué.

« Oui, hier soir quand vous êtes sortis de la salle de restaurant, j'étais en train de me débattre contre un sale type. »

Ils sourient poliment. Guindés. Je reste plantée devant eux. J'attends qu'ils disent quelque chose. Il se risque : « Notre intervention était involontaire, tant mieux si nous vous avons aidée, même sans le savoir. » J'enchaîne : « Vous êtes en vacances ? »

Ils sont en vacances, naturellement, l'Éducation nationale c'est valable, question congés. Moi aussi, je suis en vacances. Je leur balance : « Moi, je suis ouvrière. »

Ils ne s'y attendaient pas. S'ils continuent à me dévisager comme ça, je leur dis qu'il est interdit de donner à manger aux animaux. A croire que pour eux les ouvriers n'existent que dans les discours. On étudie leurs soi-disant aspirations et destin historique dans les livres, mais on n'en rencontre jamais. Savent-ils seulement parler ? On se le demande.

Il reste sans voix, l'air désolé pour moi. Il fait : « Je comprends. »

Il m'imagine probablement me débattant dans des enfers de feu et d'acier et sortant exténuée de l'usine le soir pour aller retrouver ma pauvre famille dans une vieille bicoque bourrée de cafards.

C'est un tic : il se met à parler lentement, détachant chaque syllabe pour que je comprenne bien. Il a tellement entendu dire et dit lui-même que la condition ouvrière était pénible et combien les prolétaires étaient aliénés et abêtis par le mode de production capitaliste, qu'il me prend pour une abrutie.

« Vous travaillez dans un abattoir de volailles ? »

Il connaît sa géographie. Il y a effectivement des abattoirs de volailles dans le coin.

« Non, dans la métallurgie. »

Je détache moi aussi les syllabes et je me sens

fière de mon curriculum vitae. Au moins, moi, je produis, je connais l'envers de la consommation.

Il va de surprises en déconvenues. Pour lui, les métallos, c'est Renault, des gros bras poilus et des gueules carrées, un peu bovines, comme il en voit au défilé du Premier mai faisant le service d'ordre de la CGT.

En me regardant, il louche *squinted* légèrement. Il n'a pas de beaux yeux. La fille ne dit rien et trouve que je m'impose. Elle semble attacher à son gourou comme un fil de gruyère dans un plat de macaroni.

Je coupe : « Eh bien, au revoir. »

J'aurais aimé rencontrer Jean-François comme cela, à l'improviste, et lui dire qu'il ne m'impressionnait pas avec ses mains intactes d'avocat des pauvres.

Je me croise dans un miroir. J'ai pas la tête à faire des rencontres. Je devrais m'arranger mieux. Je vais aller chez le coiffeur. Si je changeais de tête à défaut de changer autre chose ?

Je sors, il fait froid. Un froid curieux, qui s'insinue partout et fait poindre mes tétons. Un temps de neige.

Je parcours le dédale des petites rues du centre ville à la recherche d'un salon de coiffure. De préférence un salon chic, tant qu'à faire, autant ne pas se priver. Je n'en serais pas plus riche à la fin du mois. Le premier trouvé est le bon.

Je pousse la porte qui s'ouvre dans un bruit

de clochettes. Je m'arrête sur le seuil de ce salon style Louis quelque chose, comme un éléphant prêt à marcher sur un tapis de statuettes en stuc. Je suis moche, et mal habillée. L'odeur de guimauve et d'ammoniaque, qui flotte dans cette atmosphère intime, me pique les narines. Il ne manquerait plus que j'éternue. Je suis mal à l'aise. Je vais repartir. Trop tard. Une jeune femme moulée dans un jean blanc et savamment maquillée me prend en main.

« Bonjour, madame, vous désirez un rendez-vous ?

— Oui... Euh non, c'est-à-dire, si vous pouviez, je préférerais que vous me preniez tout de suite. Cela m'arrangerait. Je ne suis pas libre autrement.

— Tout de suite ? Voyons voir... Oui, je crois que c'est possible. Que voulez-vous qu'on vous fasse ?

— Une coupe... et une mise en plis. »

Je ne savais pas ce que je voulais, me voilà fixée. Les cheveux courts, il n'y a pas de raison que cela ne m'aille pas.

« Chantal, occupez-vous de Madame, je vous prie. »

Chantal dans son kimono rose est toute jeune, une apprentie sans doute. Elle m'aide, comme s'il en était besoin, à ôter mon caban qui rejoint un manteau de vison dans le vestiaire. Je revêts l'uniforme de la maison. Une blouse très ample, une serviette éponge sur les épaules, et je suis parée pour la manœuvre.

94

Tout d'abord, le shampooing. La tête rejetée en arrière, je me laisse faire. Elle malaxe mes cheveux pleins de savon, l'eau est trop chaude, la nuque me fait mal. Je n'ose rien dire. Il paraît qu'il faut souffrir pour être belle et j'ai un sacré handicap à remonter. Après le rinçage, Chantal me plante là pour une autre tête à laver. J'attends, stoïque devant le lavabo. Je dois être transparente. Plus personne ne s'occupe de moi. Je suis ridicule avec cette serviette sur le crâne. Un filet d'eau s'infiltre le long de mon cou défiant les épaisseurs de tissus et s'écoule entre mes omoplates. Un froid morne m'envahit.

Au bout d'un moment, celle qui m'a accueillie et qui semble être la propriétaire des lieux m'invite à passer à table. Je m'assois face à un mur couvert de miroirs qui me renvoie mon air ahuri sous mes cheveux mouillés.

En me démêlant vigoureusement la coiffeuse m'interroge :

« Vous voulez une coupe comment ? A la Stone, effilée, ou au carré ?

— Je ne sais pas. »

Quelle gourde je fais.

« Je vous fais une coupe effilée avec une mise en plis ondulée par-dessus, cela vous ira très bien.

— Je vous fais confiance. »

Je n'en pense pas un mot. Elle brandit ses ciseaux et commence à tailler. Mes cheveux s'éparpillent sur le sol. Bof ! On verra bien. Détends-toi, Maryvonne.

La coupe est terminée. Mes cheveux encore humides sont plaqués sur mon crâne, je ne suis pas très avantagée.

Une femme très apprêtée, arrivée après moi, a moins attendu — sans doute une bonne cliente. On la couvre de bigoudis multicolores qui lui tirent la peau en arrière. Cela la rajeunit. La coiffeuse discute avec elle de robes et des tracas qu'ont les femmes pour seconder leur mari.

Mon tour arrive pour la mise en plis.

« Je voudrais quelque chose qui fasse naturel.

— Ne vous inquiétez pas, ma petite dame, ce ne sera pas sophistiqué du tout. Je vois très bien le style qui vous convient. »

Elle a de la chance, moi je ne vois rien.

Chantal rejoint sa patronne en poussant un petit chariot plein de bigoudis, de pinces et de piques. La coiffeuse lance ses ordres d'un ton sec : « Rouleaux. Non, pas celui-là, un gros. Pique. Pince. Rouleau moyen. Rouleau. Pique. Moyen ! J'ai dit ! » Puis, très aimable, elle s'adresse à moi, la cliente, la patiente : « Vous verrez, cela sera très bien. »

Elle tourbillonne autour de ma tête, semant les bigoudis sur son passage. Elle tient le manche de son peigne entre ses dents, ajuste une mèche, se baisse pour fixer une pince, se met sur la pointe des pieds, ses mains voltigent. Elle se campe jambes écartées entre la table et moi. Son ventre serré dans son pantalon est à la hauteur de mon visage. J'ai envie de passer ma main entre ses cuisses, pour voir. Je me retiens. Elle repasse derrière moi et achève son travail-gymnastique.

« Pince. Chantal, vite. Voilette. »

Elle enveloppe le tout dans un filet de nylon rose, me tire les petits cheveux sensibles qui traînent encore à la naissance du cou, et m'envoie cuire sous le casque.

« Trente minutes pour la dame, Chantal.

— Oui, madame. »

Chantal règle la température et la minuterie de l'appareil puis m'enfourne.

Je suis coupée du monde par le bruit et la chaleur qui m'entourent la tête. Je sens que mes belles oreilles deviennent écarlates. Toujours en se contorsionnant, la patronne me demande par signe si tout va bien. J'acquiesce en hochant la tête de mon mieux malgré les rouleaux qui heurtent le casque. Je brûle, mais tout va très bien.

Je ne vais pas rester les doigts croisés sur les genoux comme une pensionnaire au piquet. Une table basse devant moi déborde de journaux et de magazines féminins. Je pourrais y trouver de précieux conseils pour être chaque jour plus jeune, plus belle et plus élégante. D'ailleurs, si toutes les femmes ne sont pas photogéniques, c'est qu'elles le veulent bien. Coupables de grossière négligence, voire d'impolitesse au yeux du monde. Laides, cachez-vous, ou utilisez la crème Machin-Chose number six. On peut tout : friser, défriser, colorer, décolorer les pires tignasses. On peut retaper les nez en bec d'oiseaux ou en patate, les mentons en galoche ou les pas de menton du tout. Les poitrines peuvent cesser de tomber. On doit utiliser les anti-cellulite, les anti-graisse, les anti-varices, les anti-vergetures, les anti-cernes, les anti-couperose, les anti-brouillard. Soyez une créature de rêve. Chassez votre naturel ingrat et achetez le naturel à la mode. Sinon rien, pas d'amour.

Je préfère lire *Ouest-France*. J'attrape le numéro du jour à la page locale. Je tombe en arrêt devant un titre alléchant :

ELLE COURT TOUJOURS !

Au-dessous, je lis :

L'HORRIBLE CRIME DE MARYVONNE T.

Suit un article qui me glace.

> Notre envoyé spécial s'est rendu sur place pour tenter de cerner, sinon comprendre, la conjonction d'événements qui ont pu rendre possible, dans le cerveau probablement troublé de Maryvonne T., la conception d'un acte aussi odieux.
>
> A grand mal, notre envoyé spécial a obtenu le témoignage du mari effondré et a interviewé des personnes de l'entourage de Maryvonne T.
>
> Nous réalisons ainsi, pour nos lecteurs, un reportage exclusif sur cette navrante affaire.

— Monsieur T., auriez-vous pu prévoir, par le comportement antérieur de votre épouse, qu'une telle chose puisse se produire ?

— Non, je n'y comprends rien, nous avions tout pour être heureux. Elle semblait tenir à son foyer, à ses habitudes. Je suis effondré. Vraiment, je n'y comprends rien.

— Monsieur T., en voulez-vous a votre femme ?

— Certainement. Dame, oui ! On ne peut passer l'éponge comme ça. Je souffre beaucoup. Comprenez-vous ?

— Monsieur T., voulez-vous lancer un message à votre femme ? Si elle lit notre journal, elle en prendra connaissance.

— Oui, merci. Maryvonne, si tu lis ce message, je t'en supplie pour ton fils et pour moi, rends-toi.

Le petit garçon de la coupable entre dans la pièce où nous nous trouvons. Charmant bambin de quatre ans, il prononce à cet instant, devant mon micro, ses premiers mots cruels : « Con Maman. »

Quittant cette famille en perdition, je suis allé enquêter sur le lieu de travail de Maryvonne T. J'ai interrogé son supérieur hiérarchique, un homme sévère, mais juste, qui déclare : « C'était une ouvrière honnête apparemment. Pour ma part, je peux dire qu'elle faisait son travail, ni plus ni moins. » Il ajoute sur le ton de la confidence : « Elle avait tendance à se moquer de la discipline. »

Sa meilleure amie accepte à son tour de me parler de Maryvonne : « C'était ma meilleure amie, néanmoins je l'aimais bien. Elle avait quelquefois des idées farfelues, néanmoins, c'était ma meilleure amie. »

La personnalité trouble de Maryvonne T. émerge de l'inconnu d'après ces divers témoignages. Peu douée intellectuellement, indisciplinée, excentrique, cette femme qui ne payait pas de mine portait sûrement en elle depuis longtemps un sens moral amoindri qui l'a conduit à accomplir son crime de façon délibérée. Un monstre se cachait derrière

l'épouse, la mère et la travail-
leuse.

Notre envoyé spécial l'a bien
démasquée alors que, toujours
en fuite, Maryvonne T. passe à
travers les maillons du filet
qu'ont tendu les forces de l'ordre.
Avisez le commissariat ou la gen-
darmerie les plus proches en
cas de découverte du suspect.

Je repose le journal. Je suis effarée. Quelle
histoire ! J'aurais tué à coups de lime à ongles
un voyageur de commerce, père de famille, dans
une petite ville de la côte. J'aurais assassiné un
homme et je serais traquée par toutes les polices
de France ! C'est une plaisanterie. J'ai dû me trom-
per. Malgré le climat caniculaire du sèche-cheveux,
je pâlis, sauf des oreilles. J'ai mal lu. Je reprends
le quotidien. L'article a été effacé. A sa place une
suite d'entrefilets fait l'actualité. Réunion de l'as-
sociation briochine des anciens chasseurs alpins.
Remise de coupe à l'équipe de football féminin de
Pordic. Vol d'un rétroviseur sur une voiture en
stationnement dans la nuit de lundi à mardi. Je
plains ce journaliste si consciencieux qui passe
au commissariat pour examiner les plaintes dépo-
sées dans l'espoir d'un scoop qui n'arrive jamais.

Je ne suis pas dans le journal. On ne me recherche pas. D'ailleurs, sous mon camouflage, personne ne pourrait me reconnaître.

L'autre cliente, encore chaude, se fait coiffer. Les rouleaux, retirés, ont imprimé leur raideur aux mèches comme des ressorts sur son crâne. On dirait un roulement à billes. Quelques coups de brosse font disparaître tout ça. Un nuage de laque sur l'ensemble et dans la satisfaction générale, la dame s'apprête à partir. Elle est arrivée, bien coiffée, et repart de même, sans la moindre transformation. Quelque chose a dû m'échapper. Moi, je veux en avoir pour mon argent.

Les trente minutes sont écoulées, je sors la tête. J'entends. La coiffeuse tâte les bigoudis pour s'assurer qu'il n'y a plus d'humidité. C'est bon. Je n'en ai plus pour longtemps. La métamorphose s'achève. Je ne fabule pas, je suis vraiment différente avec ces petits cheveux qui bouclent sur ma tête. C'est pas mal. Une nouvelle vie commence !

La dernière fois où je suis allée chez le coiffeur, c'était pour un mariage, le mien. Je voulais attirer l'attention sur le haut de ma personne pour éviter qu'on regarde mon ventre où bougeait déjà mon bébé. Tout avait été fait dans les règles de l'art pour contenter les familles avides d'émotion et de champagne. On nous avait mariés en deux coups de cuillère à pot et au début je trouvais émouvant de coudre un ourlet au bas d'un pantalon d'homme.

chapitre cinq

Je promène ma tête d'O'Cédar dans Paimpol.
La matinée est finie. Si les copines me voyaient,
elles ne me reconnaîtraient pas tout de suite.
« Maryvonne s'est fait ravaler la façade ! »
Elles doivent être à la cantine et se débattre
avec un steak plus résistant que les couteaux,
« ...taillé dans la longe qui a conduit la bête
à l'abattoir ».
Chaque ouvrier occupe sa place habituelle et
cela pendant des dizaines d'années. Les conversations aussi se répètent à l'infini. On commente
le film de la veille à la télé ou les faits divers
de l'usine.
« T'as vu Martandouille est passé chef de
chaîne ?
— Depuis le temps qu'il fayottait des haricots,
c'est pas étonnant.
— Cela fait encore un PPEP de plus.
— Un quoi ?
— Un PPEP : Payé pour emmerder le peuple. »
Ma chaise est vide.

« Elle reprend quand Maryvonne ?

— D'après son mari, elle reprend jeudi.

— Sa semaine ne sera pas longue. »

Deux jours à travailler, c'est encore trop. Je n'ai pas envie d'y retourner du tout.

Elles, elles savent ce qui les attend dans les heures qui viennent. Elles profitent de ce si court moment de répit, jusqu'à ce que l'une d'elles dise :

« Faudrait pas s'endormir, il est vingt. On va boire un café. »

Elles se lèvent, rapportent leur plateau et se retrouvent au bar à se bousculer pour être servies à temps.

« Si le chef ne nous voit pas à l'heure dans l'atelier, il va s'inquiéter, on peut tout de même pas lui faire ça. »

Après-demain, je serai avec elles.

« Ah, les filles, si vous saviez les belles vacances que je viens de passer, vous en crèveriez de jalousie. »

Je marche au hasard. Je regarde les vitrines et mon surprenant reflet dans les carreaux.

Paf ! Cela m'est tombé dessus tout à coup. Sans que j'y prenne garde. La vraie tuile. Ici, à Paimpol. Après tout ce voyage. C'est incroyable, mais hélas ! il faut regarder la vérité en face. Je suis complètement désemparée. Je ne sais plus quoi faire. Je m'ennuie. Je m'emmerde.

L'ennui m'ankylose, ralentit mes pas vers nulle part. Je ne sais pas où aller. J'ai déjà parcouru cette rue idiote dans les deux sens. L'ennui me prend à la gorge. Une vraie odeur de merde. Je vais pleurer si ça continue. Je veux rentrer à la maison. J'ai du repassage en retard, des boutons à recoudre. Je regarderai les émissions pour femmes au foyer, à la télé. C'est plutôt cucul, mais aujourd'hui j'adorerai ça. Des histoires et des images simples, des idées toutes faites. Une sorte de confort à bon marché, inutile de se creuser la tête. Il suffit de se distraire et d'enrayer la solitude.

J'irai au jardin surveiller mes plantations. Je guetterai la floraison des primevères. Je mesurerai l'évolution des poireaux. Les grandes tulipes rouges plantées à l'automne n'attendent qu'un signe du printemps pour sortir de terre. Bientôt tous les lilas, les blancs, les violets et les lilas vont cerner et embaumer mon carré de pelouse. Je couve des yeux les crocus qui hésitent à fleurir.

J'ai de la chance avec les fleurs. Ce que je plante ne crève pas avant de fleurir. Les légumes par contre, c'est une autre paire de manches. Leur destin de ratatouille me rebute. Les binages, sarclages, butages et arrosages m'ennuient. Je n'arrive pas à assimiler le « potager en dix leçons ». Je me renseigne à l'usine auprès des paysans ou d'anciens maraîchers et quand on m'a dit en novembre que c'était la saison pour planter les nouilles, j'ai failli y croire.

Le cafard rôde, gras, visqueux, pesant. Mes mains rouges de honte d'être inactives se cachent au fond de mes poches.

Si j'étais à l'usine, je saurais quoi faire. Mon rendement. Quelquefois, s'il est particulièrement élevé, les heures défilent trop vite. Ma QHD — quantité horaire demandée — est le but à atteindre. Je m'esquinte à accélérer le mouvement. Je réprime toute envie de quitter ma place. Je calcule mentalement ce qui me reste à faire pour terminer ma journée de production. Je suis devenue très forte pour ce genre d'exercice. Dans l'équipe, on vient me voir pour ça.

« Dis, Maryvonne, j'ai pointé à 13 h 45, sur cette série, j'ai un quart d'heure d'avance sur les boîtes d'accessoires à récupérer, je dois faire 54,3 allumeurs à l'heure, ça fait combien jusqu'à cinq heures ? »

Je pose mes huit heures cinquante, je retiens vingt-cinq centièmes, j'ajoute 54,3 allumeurs que je multiplie, je mets la virgule et je sors le nombre.

Je devrais participer à des championnats de calcul mental.

Il ne suffit pas de les compter, les pièces, il faut aussi les faire. Je m'énerve. Un vieux manœuvre débile me dit en passant :

« Giscard l'a dit, mon petit, ce n'est pas bon pour la santé de fumer.

— L'usine non plus c'est pas bon pour la santé. Y'a qu'à regarder ta tête de pioche après quarante ans d'esclavage. »

Il repart en maugréant :

« Les jeunes de man'nant y veulent plus travailler, tous des fainéants. Des patrons il en faut, c'est vrai quoi, il en faut des patrons, pour nous

106

donner la paye, et sans travail, pas de paye, et sans patron pas de paye et sans... »

Les copines rigolent :

« Le maudit bonhomme-là, il a la compère-néoire difficile ! »

Sur certains postes — « les planques » — le nombre est plus facile à faire. Si en plus ces postes bénéficient d'un siège, même plus ou moins branlant, ils sont classés dans la catégorie des « boulots pour femmes enceintes ». Si on met un homme dessus, il en est presque vexé. Moi, quand j'ai un boulot peinard, j'essaie de me faire oublier pour le garder le plus longtemps possible. Je fonce encore, mais c'est pour grignoter quelques minutes et aller bavarder. Je vais voir Béatrice, ou c'est elle qui s'approche de moi, si on a la malchance de ne pas travailler côte à côte. On se raconte nos vies, nos craintes, nos espoirs, nos maris.

On se dit : « Tu peux pas te rendre compte, faudrait être à ma place pour comprendre. » Mais on sait qu'on se comprend malgré tout. On reconnaît la mauvaise nuit de l'autre à ses yeux cernés. On devine la fin de mois sur la corde raide, à la mise en plis avachie. Les mains trop nerveuses au boulot signalent la scène de ménage. On en parle et on se sent mieux. Nous ne nous faisons pas de cadeaux. Si on a merde à se dire, on se le dit.

« Je ne te critiquerai pas, mais je pense que t'as tort de ne pas débrayer avec nous.

— T'as mal agi, Maryvonne, t'aurais pas dû

aller voir le chef toute seule. Maintenant, il va nous prendre pour des cons. »

On se fâche même parfois et on met du temps à se réconcilier. Quand on aime, on est exigeant.

Ce qui me plaît surtout chez Béatrice, c'est son courage, sa grande gueule. Elle ne se résigne jamais. Elle a 34 ans, cela fait vingt ans qu'elle travaille en usine et elle s'exclame encore avec indignation : « Je ne vais tout de même pas rester là à bosser comme un con, jusqu'à la retraite ! »

Mais rien d'autre ne pointe à l'horizon.

Elle veut croire encore que bientôt elle aura des sous d'on ne sait où, qu'elle aura un compagnon gentil et qu'elle voyagera tout autour du monde. Elle se dit qu'elle pourrait être belle et apprendre à parler comme dans les livres. Elle sait pourtant qu'elle n'est pas près d'en sortir de sa peau d'OS. Alors elle râle.

Si je lui raconte mon espèce de fugue, elle comprendra bien ce qui m'a pris, et elle dira : « T'as eu raison, mais t'es pas plus avancée pour ça. Quand on est de la famille à Pas-de-chance, ça dure jusqu'à la mort. »

Hors de l'usine, dans le civil, on ne se fréquente pas beaucoup. Nous sommes chacune dans notre vie dite de famille et, si on se voit, on ne sait plus quoi se dire. Notre amitié a besoin de l'usine. Dans les grandes déprimes, l'usine est un refuge. « On fait notre boulot et on est quitte. » Tandis qu'avec le mari, les gosses, on n'est jamais quitte.

On cause, on cause, on se réconforte, on rit.

Le chef profite de ces moments pour me dire :

« Alors Maryvonne, vous ne viendrez pas gueuler que les cadences sont trop dures. Vous ne connaissez pas votre chance de travailler ici. Ailleurs, c'est bien pire.

— Cela vient de si bas, que cela me glisse entre les doigts de pieds. »

On n'est pas au bagne tout de même !

Les meilleurs moments ce sont les pannes, pannes de machines ou manque d'approvisionnement en matières premières. On n'a plus rien à faire, c'est une longue pause. Sérieusement, le chef nous déclare : « Je sais que c'est dur pour vous d'être arrêtés, mais gardez le moral tout de même, je vous promets que vous aurez bientôt du boulot. » On se demande s'il se fout de nous ou s'il croit sincèrement ce qu'il dit. Le moral, on l'a d'autant plus qu'on ne bosse pas. C'est lui qui se fait des cheveux pour sa production, pas nous.

On fait des blagues. On organise une collecte pour qu'un copain qui a les cheveux longs se paye le coiffeur et une autre pour qu'un grognon notoire s'achète un kilo de « bon poil ».

On m'appelle :

« Maryvonne, t'es d'accord avec les numéros qu'on a marqués pour le loto ? Tu comprends, je préfère en parler au syndicat d'abord, comme ça, si je perds je saurai à qui m'en prendre ! »

Je les ai laissé tomber, mes potes. Je souffre de les savoir suant sans moi, riant sans moi.

Ma tête est lourde. Je frise le ridicule sous cette coiffure, dans cette ville où je ne connais personne.

Sans machine. Sans amis. Sans mari. Sans rien. Je ne suis rien. Je ne ressemble à rien. Je ne sers à rien. Je tomberais, là, sur le trottoir, évanouie ou morte, on se demanderait qui a pu venir mourir là.

Je n'aurais pas dû sortir de ma boîte. Je ne suis pas capable de vivre autrement qu'entre des meubles et des obligations familières. Je peux toujours me débattre, gémir et me plaindre, ma vie est toute tracée. Je dois m'en accommoder. Je peux me servir d'un peu de mauvaise foi et me lamenter : « On ne m'a pas aidée, si j'avais eu de la chance, de l'argent, des relations, etc., je n'en serais pas là. Si je n'avais pas d'attache, je pourrais repartir à zéro, avoir du courage, de l'initiative, des talents divers, je serais heureuse. »

Soyons lucide. Je ne serais plus Maryvonne. Maryvonne rentre humblement au foyer et attend que son cher et tendre rentre du boulot trop crevé pour décoincer un mot.

Allons, Maryvonne, secoue-toi !

Tu les retrouveras bien assez vite tes habitudes, tes machines à visser, à fraiser, à laver, à cuire et à astiquer, tu les reverras tes clés plates, à pipe, à douille, à molette, tes marteaux, tes couteaux, tes burettes, tes tournevis, tes boulons, tes écrous, tes rivets.

Arrête de te morfondre.

D'accord, j'ai besoin d'un café serré, j'y trouverai peut-être des idées pour finir mon aventure.

Cela serait plus facile si j'étais deux.

Quand j'étais petite, je m'étais inventé une compagne qui me racontait des histoires et jouait avec moi. Son joli nom chantait dans ma tête et nul n'avait le droit de contester son existence. Mon amie Kakie Célala était ma confidente et ma muse. Kakie Célala m'accompagnait partout où je le désirais, elle me donnait du courage pour les expéditions périlleuses et me consolait quand les chasseurs m'éloignaient à grands cris de mes champs et de mes bois préférés en automne. Je racontais à ma mère nos découvertes, nos jeux et nos histoires. Elle riait mais, injuste, reportait sur moi seule toute la responsabilité des jupons déchirés, des lacets perdus et des taches sur mes jupes.

Une fois, nous avons pris une décision : Kakie Célala et moi allions quitter la maison. Le dernier bébé de ma mère occupait toute son attention, ma sœur, ne comprenant rien à mes jeux refusait d'y participer. Alors, au fond du jardin, nous avons construit un abri minuscule fait de chiffons et de vieux cartons. Puis avec mes économies, nous sommes allées acheter un morceau de pain et une tablette de chocolat au lait pour assurer notre subsistance, et nous nous sommes cachées dans la cabane.

Peu après ma sœur est arrivée :

« Je te ferais dire que le manger est prêt !

— Qui c'est qui t'envoie espèce d'espionne ?

111

— Ben c'est maman, andouille !

— Dis-lui que je ne suis pas là, que j'ai disparu, d'ac ? »

Ma sœur a haussé les épaules et est retournée dans la maison. Il s'est mis à pleuvoir. De minute en minute l'abri se dégradait. Mais Kakie Célala et moi ne craignions pas les intempéries.

« Maryvonne ! Cela suffit, rentre maintenant, il pleut et ton assiette est servie ! »

Bon d'accord, on se rend, mais on repartira au printemps.

Question fugue ratée, j'ai des antécédents.

A deux, on est moins timide. Kakie Célala et moi entrons dans un café.

Je commande un crème pour moi et, pour Kakie Célala qui n'a pas besoin d'excitant, un verre d'eau.

Trois·jeunes simili-rockers s'agitent autour d'un flipper. Leurs visages de poupons grandis trop vite détonnent avec leurs blousons cloutés et leurs bottes pointues. Kakie Célala me pousse du coude : « Écoute voir, un peu. »

Ils lâchent des phrases rapides avec des voix qui cherchent leur tempo.

« T'as vu la cogne samedi soir ?

— Négatif.

— Les mecs de Lanvollon, y se sont pris une bonne branlée.

— Y friment, mais y balisaient sec.

— Moi, je peux pas blairer la castagne.

— T'es une poule, mon vieux.

— T'aurais vu J.P. ce qu'il a mis au grand blond. Le sang pissait de partout.

— P'tit Louis a vomi de trouille. Ça puait à faire dégueuler un rat.

— On s'est juste taillé avant que les poulets se radinent.

— Moi, au bal, dès que j'ai un ticket, je me casse avec la loute et on va faire connaissance dans un coin peinard. C'est tout.

— T'arrives à te sortir une gonzesse à chaque fois ?

— Ouais, faut pas être ringard sur le boniment, c'est tout.

— C'est pour moi que tu causes ?

— Non, je t'affranchis, c'est tout.

— Remarque que moi, je pourrais autant que toi, si je voulais, mais les boudins, ça m'dit rien.

— Bof, du moment que t'as de la viande à tâter. Mais faut pas qu'elles jactent. Les bavardes, ça me les brise, c'est tout. »

Kakie Célala et moi pouffons de rire. On sort à peine de la maternelle et on veut jouer les gros bras misogynes. Ces choses-là ne s'improvisent pas, il faut fignoler.

« Qu'est-ce t'as, Mémé, t'es pas jouasse ? »

Il a l'air vexé.

« Je ne ris pas à cause de vous. Je pensais à quelque chose de marrant, c'est tout.

— O.K.

— Hé ! Marco ! Faut que j'mette les bouts, y'a ma vieille qui m'attend pour grailler.

113

— Moi aussi, je me tire. Salut les mecs.

— Bon, ben on s'en va tous, à c't'aprèm' ! »

Ils sortent tous les trois en roulant du cul. C'est tout.

Moi, je reste. J'entends à la radio les informations de la mi-journée. Il est plus de midi.

Mes camarades délégués du personnel sont en réunion depuis ce matin avec le chef du personnel. M. Chapeau ressemble au capitaine Haddock des albums de Tintin, en moins drôle. Tous les mois, nous nous retrouvons dans cette salle de réunion. L'ordre du jour varie peu d'un mois sur l'autre. Les syndicats posent à chaque fois une quarantaine de revendications. Cela va de l'augmentation des salaires à la pose d'un lavabo en passant par le retour à la semaine de 40 heures et l'amélioration de la qualité des repas à la cantine. C'est désespérant. Chaque question est défendue âprement par les délégués, devant un chef du personnel indifférent. Il attend que ça se passe. Il répond : « ... Non... Impossible... L'entreprise ne peut pas se le permettre... Pas envisageable dans l'immédiat... On verra cela plus tard... A l'étude... Inutile. »

Pourtant, d'entrée de jeu, on attaque.

« Monsieur Chapeau, dites-nous tout de suite ce que vous allez nous accorder aujourd'hui. S'il n'y a rien, on s'en va. On n'a pas de temps à perdre. »

Imperturbable, M. Chapeau répond : « Nous allons examiner les questions à l'ordre du jour. »

Il a raison, s'il disait je n'ai rien à vous dire,

vous pouvez partir tout de suite, ce qui ne serait pas faux, les syndicats outrés iraient crier à l'inspection du travail que la direction refuse de discuter-et-remet-en-cause-les-avantages-acquis, alors M. Chapeau fait semblant de discuter.

Un délégué jongle avec les chiffres et fait la brillante démonstration de la baisse-constante-de-notre-pouvoir-d'achat. On dirait qu'il croit qu'il suffit de bien s'expliquer pour que ça marche.

« Les salaires sont augmentés suivant l'indice INSEE. Nous avons des contraintes économiques à respecter.

— Alors donnez-nous la cinquième semaine de congés payés et on ne vous embêtera plus avec. »

Peut-être qu'en le prenant au dépourvu, il va lâcher le morceau !

Peine perdue.

« Il n'en est pas question pour le moment. Quand ce sera généralisé à tout le pays, d'accord. »

On se bat des heures pour tenter d'obtenir des filtres dans les cheminées d'évacuation de vapeurs toxiques.

« Monsieur Chapeau, allez-y voir vous-même, les oiseaux quand ils passent au-dessus de l'usine, ils tombent raides morts. Pffuit ! »

Gisèle, élue depuis peu déléguée du personnel, assiste à sa première réunion. Elle est abasourdie. Elle bâille et se réfugie dans la somnolence. Cet homme puissant en complet veston noir l'impressionne. Elle admire les camarades si à l'aise dans la discussion et qui trouvent l'audace et les mots nécessaires pour mettre-lechef-du-personnel-au-pied-du-mur. Elle se sent si petite, si godiche qu'elle voudrait ne pas être là. Elle est découragée par l'arrogance du chef du personnel. Elle voudrait que tout change et on s'empaille pendant des heures parce qu'une fenêtre ferme mal. Quel boulot ! Elle regrette de s'être présentée aux élections. Militer, c'est trop dur, elle n'y arrivera jamais. Elle pense aux copains de son équipe. Elle se dit qu'elle serait fière de leur montrer ce dont elle est capable, parce que au fond d'elle-même il y a une révolte énorme contre ce monde pourri.

Elle finira par arriver à le dire. Et pas plus mal que les autres.

Deux délégués s'engueulent à propos de chaussures de sécurité commandées ou non par un chef d'atelier. Le chef du personnel, qui n'est jamais au courant de rien, attend que ça se passe.

Le secrétaire du syndicat réclame solennellement l'ouverture d'une porte supplémentaire dans le local du comité d'entreprise.

« Je ne sais pas pourquoi cette porte n'existe pas, mais il doit y avoir une raison. Vous n'aurez pas de porte.

— Faites attention, monsieur Chapeau, si vous refusez, nous la ferons nous-mêmes ! »

Vaines menaces, le chef du personnel est tranquille, ils n'oseront jamais.

Les délégués des cadres ne disent jamais rien et gardent un air contrit du début jusqu'à la fin.

Une question d'importance est posée.

« L'appareil de radioscopie est défectueux. Plusieurs maladies pulmonaires n'ont pas été dépistées lors des visites médicales d'entreprise.

— Cet appareil est réglementaire, nous ne sommes pas tenus de le remplacer.

— Monsieur Chapeau, vous vous moquez de la santé des travailleurs ! Si les ouvriers vous entendaient, ce serait la révolution dans l'usine. »

Le chef du personnel sourit. Il sait bien que de cette réunion ne filtrera qu'un échec global qui rejaillira davantage sur les délégués que sur lui. Lui ne va pas voir les ouvriers pour leur expliquer la situation. Il fait son boulot. Il fait preuve de compréhension et d'une virile amabilité dans les discussions individuelles avec ceux qui le sollicitent sans passer par l'intermédiaire des syndicats. Il dit toujours non, mais en douceur, cela suffit à son image de marque. Il fait son boulot et se fout du reste. L'important, c'est de rester calme et ferme et de combattre l'influence des syndicats.

On parle des promotions.

« Combien y a-t-il de promotions prévues ? Vous savez que beaucoup d'OS ont des CAP ou des BEP, vous devez les employer à leur qualification.

— On étudie les dossiers, il y aura des promotions, je ne peux pas vous dire combien.

— Et pour les femmes ?

— Les femmes possédant des brevets de technicien ou des CAP de mécanique ou autre peuvent postuler aux postes offerts.

— Vous répondez à côté de la question. Il y

a des postes qui ne réclament pas de connaissances spéciales. D'autre part, nous demandons qu'une formation professionnelle soit ouverte aux femmes qui le désirent.

— Cela ne se fait pas ailleurs. Nous ne sommes pas des mécènes. »

Quand on a besoin d'OS, les femmes et les immigrés sont les plus qualifiés.

Ces femmes dont « ... les toilettes, d'après le responsable de l'entretien des vestiaires, sont laissées par leurs utilisatrices dans un état déplorable ! »

Attaque basse.

« Monsieur Chapeau, permettez-moi de vous faire remarquer que depuis le début de la réunion, vous écrasez vos mégots de cigarettes par terre, sous la table, ce n'est pas très propre non plus ! »

Je l'imagine à poil. Écrasant sous son gros cul et ses bourrelets le mince contre-plaqué de sa chaise. Son autorité en prend un coup !

Dans l'usine, il y a une sorte de promotion qui ne se négocie pas avec le chef du personnel, c'est l'élection à un poste de délégué du personnel. On m'a couchée sur la liste syndicale parce que j'avais une grande gueule, quelques mots de gauche à mon actif, et qu'il fallait une femme déléguée, pour l'équilibre. J'ai appris que les avantages et les obligations des délégués en faisaient des personnages un peu à part. Le syndicat, ce sont les délégués, les syndiqués « ordinaires » n'en sont que les supporters. Dans l'idée

de la plupart, passer délégué, c'est une responsabilité et un honneur dont il faut se montrer
digne à tous points de vue. Il faut être bon avocat,
bonne assistante sociale, toujours poli et de bonne
moralité. On délègue au syndicat les responsabilités de la lutte, les revendications, les problè-
mes privés et, aussi, les préjugés et les principes.

Je n'arrive pas à incarner cette image de déléguée bien comme-il-faut, raisonnable et respec-
tueuse. Je m'emporte facilement. Je m'impatiente.
Les atermoiements des vieux militants m'irri-
tent. Je n'en peux plus de faire des délégations
inutiles à la préfecture. Je voudrais que vraiment, si nous n'avons que nos chaînes à perdre,
nous nous battions.

Lénine, avec sa cravate et son attaché-case,
s'énerve à côté de moi. La comédie a assez duré.
Va falloir que ça pète si on veut vraiment faire
avancer les choses. Il porte la main à sa joue
comme pour faire porte-voix. Il va parler. Non.
Il fronce les sourcils et reste muet. Une rage de
dents terrible lui casse la tête. C'est toujours
dans les moments graves que cela lui arrive. Sa
dent pourrie le rend furieux, les élancements de
la douleur lui font perdre son sang-froid. S'il
parle, il sait que ses voisins sentiront qu'il pue
de la gueule. C'est insupportable. Il voudrait se
pelotonner comme un tout petit garçon dans les
bras de sa maman. Mais il est trop grand pour se
laisser aller. Il rugit : « Qu'on en finisse avec ces
petits cons de Cronstadt ! »

Je m'endors en réunion. Je flotte au-dessus des tables, allongée sur un nuage rose, pointant vers eux tous une mitraillette qui contient des ampoules de LSD. Je voudrais les voir sortir de leurs sales coquilles.

Chacun suit son idée. Deux cadres ventripotents s'évertuent à déboulonner le siège du chef du personnel, tandis qu'un autre se perd en simagrées postillonnantes et essuie la poussière des chaussures de Chapeau.

Chapeau lui-même a branché son Sonotone en liaison directe avec le bureau du patron et suit le récit paillard du dernier voyage d'affaires au Japon. Il se voit, entre deux repas au gingembre, goûtant le charme de geishas agiles et de massages extrêmement troublants. Chapeau, cramoisi, se sent mûr pour un poste à responsabilités élevées et une éjaculation précoce.

Debout sur une chaise, un représentant syndical déclame les statuts de son organisation. Il mime des caresses voluptueuses et murmure de temps à autre : « C'est une grande dame... Une si grande dame... »

Quatre délégués tapent une petite belote dans un coin de la pièce. Deux autres se bécotent gentiment. Un vieux militant, qui a connu des tas de grèves, fait des avions en papier et les lance en criant : « Il vole !... Non, il tombe... »

D'autres ont quitté la salle de réunion. Klaxons, mirlitons, cuivres, éclats de rire... Toute une parade d'ouvriers surgit. Inquiétants, délivrés, joyeux. « Et voici le Prolo Circus, le plus grand spectacle du monde ! »

Ali fait un tour de piste. Il tient en laisse deux agents de maîtrise baveux et, d'un claquement de doigts, les force à sauter à travers un cercle de feu. La foule applaudit.

Didier dit des poèmes graves et le son de sa voix fait cligner les lumières.

Edwige se balance dans les airs au-dessus de nos têtes et rit de nous voir si petits.

Les taches et les accrocs sur les bleus se sont mués en étoiles et dentelles.

Tous sourient, comme si c'était vrai.

Dans ce joyeux tohu-bohu, des mots me parviennent : « ... Porte... vestiaires trop petits... déplacer les panneaux syndicaux... »

Les éclats de voix m'empêchent de somnoler à mon aise. Comment peuvent-ils être aussi fougueux les copains, après dix ou vingt ans de service ? On dirait que cela les amuse.

« Cela fait deux ans que nous demandons des feux clignotants pour traverser la route devant l'usine, sans risquer de se faire écraser.

— Au Joint français, ils en ont, ils ont même des feux tricolores, noir, bleu, rouge... euh non... jaune, bleu, vert... »

Dans l'énervement, le délégué s'emmèle les crayons de couleurs. Le fou rire me prend. Je ne peux plus m'arrêter. Le délégué, tout déconfit, me fait signe de me taire. Mon rire enfle et emplit toute la salle. Plus je ris et plus je trouve cela drôle. Le chef du personnel me lance un regard noir. Je redouble d'hilarité. Pour couper court, un militant enchaîne sur une autre question. Je continue à pouffer toute seule dans mon coin.

Cela n'en finira donc jamais. J'en ai marre.

« Messieurs, dit Chapeau, j'espère que vous avez constaté que des douches neuves ont été installées.

— Oui, c'est bien, mais il n'y a pas d'eau »

Oh ! la la ! Je sens que le fou rire va me reprendre !

« Je n'étais pas au courant de ce détail. Excusez-moi, je vais faire le nécessaire.

— Faites attention de ne pas brancher le gaz à la place de l'eau ! »

La réunion s'éternise. J'ai faim. Je ne viendrai plus, c'est trop pénible.

La sœur de Rosa se met au piano dans le salon d'une belle demeure de Berlin. Son corsage est déboutonné jusqu'à la poitrine. Elle respire à petites bouffées et on aperçoit la blancheur de ses seins qui se soulèvent en cadence. Il y a plus d'un million de grévistes à travers le pays. Les doigts fins de la sœur de Rosa s'affairent sur une symphonie de Beethoven. Les conseils ouvriers s'organisent. Les marins occupent le Palais royal. Quelle époque ! Une mèche de cheveux dorés échappée de son chignon pend au-dessus du nez de la jeune fille. Elle louche légèrement en suivant des yeux la partition. Le comité insurrectionnel est constitué. La destitution du gouvernement est proche. D'un geste gracieux, la sœur de Rosa renvoie la mèche qui la gênait rejoindre ses semblables. La classe ouvrière est au bord de la prise du pouvoir. Au piano, les adagios et les fugues se succèdent. Un soupir soulève les seins de la sœur de Rosa et va mourir sur ses lèvres joliment dessinées. Son corps souple suit la mélodie en un balancement discret. La sœur de Rosa tourne la tête et tend son cou très mince pour mieux saisir la moindre vibration de la musique comme si elle jaillissait indépendamment de sa volonté. La troupe tire. La répression s'abat sur les chefs du mouvement ouvrier. Les doigts vifs de la sœur de Rosa quittent le clavier et se posent sagement sur ses genoux. Elle contemple la perle fine de sa bague de jeune fille et le bracelet d'or qui lui serre le poignet. Elle se dit : « Quelle poisse de n'être que la sœur de Rosa ! » Et elle se remet à taper sur son piano pour se changer les idées.

Maryvonne quitte le bistrot, se retrouve sur le port, s'assoit sur un banc face à la mer, tire de son sac le roman qu'elle a commencé la veille et en achève la lecture.

chapitre six

Le livre est fini. J'ai bien travaillé. J'ai faim.
Je retourne au Prisunic. Je mets deux pommes
dans mon panier de plastique rouge, obligatoire
pour tout achat. Les ménagères font la queue à
la caisse, leurs caddies bourrés de provisions.
Les bigoudis pointent sous les foulards. Des
additions de trente centimètres sortent régulièrement de la caisse enregistreuse. Mon tour
arrive avec mes pommes de célibataire. La femme
derrière moi commence à déverser le contenu de
son chariot sur le tapis roulant. Deux pommes,
c'est pas des vraies courses, je me sens minable.
Deux pommes, 1,75 F. Je prends mon porte-monnaie. Non, je ne le prends pas. Je le cherche. Je
ne le trouve pas. Pourtant, il était bien là, tout
à l'heure, dans mon sac. Je regarde dans mes
poches. La cliente derrière moi s'impatiente. La
caissière, les yeux fixés sur un horizon d'œufs
de Pâques en chocolat, pianote nerveusement sur
son tiroir-caisse béant. Rien. Je suis morte de
confusion. Je re-fouille partout, mon sac, mes

poches. Ils restent obstinément vides. J'ai perdu mon porte-monnaie. La bonne femme, qui tient le sien à la main derrière moi, continue à aligner yaourts, saucisses et eau de Javel. Elle fait un pas en avant, me bouscule et grogne : « Quand on n'a pas de sous, on va pas dans les magasins. »

Il faut que je dise quelque chose, je ne peux pas rester là à faire semblant de chercher pendant des heures. La caissière me fait :

« Alors ?

— Excusez-moi, j'ai égaré mon porte-monnaie, c'est stupide, je l'avais encore il y a un quart d'heure. Je vais rapporter les pommes au rayon.

— Non, bougez pas, faut que j'appelle le chef pour faire annuler le ticket de caisse. »

Elle secoue la clochette posée à côté de la caisse.

Les ménagères échangent tout bas leurs impressions sur l'incident et se plaignent du temps perdu. Si encore j'avais eu un cabas plein de lait, fromage et petits pois en conserve, j'aurais été une des leurs qui a oublié son porte-monnaie à la maison. Ce sont des choses qui arrivent. Mais avec deux pommes seulement, je ne fais pas sérieux.

Le chef arrive agacé et rabroue la caissière qui le dérange.

« Qu'est-ce qu'il y a, mademoiselle ?

— Madame a oublié son porte-monnaie. Il faut annuler le ticket de caisse », répond-elle d'une voix neutre.

Le ticket est signé et rangé dans le tiroir-caisse.

« Non, laissez les pommes, on les remettra en place. »

La confiance règne.

Je m'empresse de quitter les lieux. Les autres femmes payent dignement leurs achats. Je ne déjeunerai pas. De toute façon, l'incident m'a coupé l'appétit.

Je retourne sur mes pas lentement, jusqu'au banc, puis jusqu'au café, pas le moindre porte-monnaie en vue. C'est épouvantable. Je n'ai plus un centime. Cela n'arrive qu'à moi ce genre de déboires. D'ordinaire, je ne perds rien, les choses, même les plus inutiles, ont plutôt tendance à coller à moi comme des moules sur un rocher. Il y a un début à tout. Il fallait que cela m'arrive un jour. Je n'avais pas grand-chose dedans, deux ou trois heures de salaire, deux cents ou trois cents écrous montés à la main sur des robinets. Une misère et une courbature à l'épaule.

J'aurais pu mourir assassinée. J'aurais pu rencontrer le prince charmant. Mais aller perdre mon porte-monnaie à Paimpol, je n'y avais pas pensé. C'est trop terre à terre, cela ne vaut pas un clou, même pour les journalistes de *Ouest-France*.

J'ai l'air malin, sans un sou, dans cette ville. Qu'est-ce que je vais faire ? Un cambriolage de banque ? C'est risqué. Piller le tronc d'une église ? Peu de chances que ça rapporte, les gens ont la foi radine de nos jours. Attaquer une vieille dame pour lui piquer sa pension quand elle sort de la poste ? Trop moche. Me prostituer, une passe à cent balles et je suis tirée d'affaire, je peux m'offrir un porte-monnaie neuf et payer le car du retour ? Je n'oserais jamais. Voler une voiture ? J'aurais trop peur d'être surprise en pleine effraction. Je n'ai plus qu'à me rouler en boule dans le caniveau et, en clocharde, attendre la mort dans le froid et la faim. Mélo.

Sans grand espoir, je me dirige vers le commissariat pour savoir si mon objet a été trouvé.

« Non, madame, on n'a pas rapporté de porte-monnaie, cet après-midi. »

Je m'y attendais. Moi-même, qui suis perdue ici depuis vingt-quatre heures, personne ne me rapporte. Si mon propriétaire ne vient pas me chercher, dans un an et un jour, je serai à Paimpol.

Je n'ai qu'à appeler l'usine et demander à mon époux de venir me chercher. Le flic de service m'invite à utiliser le téléphone. Oui, mais quelle honte !

« Allô ! chéri ? Dis donc, il m'arrive un truc idiot, j'ai perdu mon porte-monnaie et je suis coincée à Paimpol... Oui, à Paimpol... Ce que je fous là-bas ?... Rien de spécial, je me promenais... T'es fâché ?... Non, je veux pas te quitter... Je t'expliquerai à la maison... Tu t'es inquiété, oui, bien sûr, je regrette... Excuse-moi mon chéri... Tu n'as pas dormi de la nuit ?... Tu dois être crevé... Je suis désolée, je ne sais pas ce qui m'a pris... Oui, je comprends... Je te demande pardon... Oui, je suis une pauvre conne... Tu arrives... Merci, merci, à tout de suite mon chéri...

Je t'attends devant l'église. » Absolument impossible !

Je dois me débrouiller seule. Rentrer dans ces conditions, c'est pire que se pendre. Il serait trop fier que je l'appelle au secours. Il m'en voudrait aussi de n'être pas plus forte. Il serait furieux que ses angoisses aboutissent à cette conclusion lamentable. Ce serait une humiliation pour tous les deux. Je serais obligée d'avouer tout, mes plaisirs égoïstes et mes rêveries coupables. Il n'y comprendrait rien et me traiterait de folle. Je ne veux rien avoir à dire.

J'ai vécu ces heures pour moi seule, librement je crois, sans grandeur ni péripéties exaltantes, sans malheur non plus. En laissant planer le silence sur mon voyage éclair, il n'en sera que plus irrationnel, voire inquiétant. Même si je ne recommence plus, il y aura toujours ce doute entre nous. Mon désir de fuite me vaudra des ménagements, il sera plus attentif à mes sautes d'humeur de crainte que je ne reparte et que, peut-être, je ne revienne plus.

Car il tient à moi, comme à ses pantoufles, il m'enfile. Il ne se pose pas de question. Il ne m'interroge pas, il pense me connaître une fois pour toutes. Je l'aurais surpris, au moins une fois.

Cendrillon a voulu aller au bal. La fée, sa marraine, l'a aidée. Mais Cendrillon a perdu son soulier de vair en quittant précipitamment le palais à minuit.

Et Cendrillon doit rentrer chez elle en stop.

Je me poste à la sortie de la ville, direction Saint-Brieuc. La nuit ne va plus tarder. J'aurais dû attendre les longues journées de juin pour fuguer. Les jours d'hiver sont trop exigus pour rêver. En quittant l'usine, on sort dans la nuit et on se couche, puis se lève, sans sortir de l'obscurité. Il y a de quoi avoir de sombres pensées.

Je ne fais signe qu'aux voitures où il y a des femmes. Néanmoins, un camionneur ralentit à ma vue, s'arrête et me propose de monter. « Non, merci, je préfère marcher à pied. J'habite à cinq minutes d'ici. »

Il ne m'a pas crue, mais il n'insiste pas. Il redémarre en rigolant et m'envoie un jet de gaz d'échappement en pleine figure.

Il neige. Mes vieux rhumatismes m'en avaient avertie. Pas d'abri en perspective. J'enfonce mon bonnet jusqu'aux yeux. Les voitures sont rares et quand les conducteurs m'aperçoivent levant le pouce vers eux, il est trop tard pour qu'ils s'arrêtent. C'est bien ma veine. Hier matin, j'aurais été mieux inspirée de me casser une jambe en sortant de chez moi. Je ne serais pas là à faire le guignol sur le bord de la route. Si je n'étais pas si trouillarde, je roulerais déjà dans le camion de tout à l'heure avec une splendide vue panoramique sur les champs se couvrant de neige. Je ne fais plus de détail, je monterais dans n'importe quelle voiture, même conduite par un type patibulaire. Je révise dans ma tête quelques gestes de karaté vus dans un film.

Enfin une Austin ralentit à ma hauteur, s'arrête presque et redémarre en trombe. J'entrevois deux jeunes gens hilares. Connards ! Vous trouvez cela risible ? Je voudrais bien vous y voir ! Fils à papa ! Salauds ! Graines d'exploiteurs !

Dans mon indignation, j'oublie de faire signe aux véhicules qui passent et je parcours plusieurs centaines de mètres sur le bas-côté de la route. Cette plaisanterie de mauvais goût me stimule, c'est bien fait pour moi, je n'avais qu'à pas prendre une attitude de victime. Je ne suis victime de rien. Je suis tout à fait responsable de mes actes. Maryvonne fait du stop pour rentrer chez son mari après avoir pris un bol d'air. Il neige et cette mésaventure, cocasse, au demeurant, n'entame pas son imperturbable sang-froid.

Et lui qui s'est mis dans la tête que je suis casanière !

Je m'épanouis devant ma cuisinière. Je me passionne pour la machine à laver. Je m'amuse des heures durant avec des balais et des chiffons. Je prends mon pied à planter des poireaux. Je vénère mes quatre murs et mon parquet ciré et je m'en détache à grand-peine quand il me faut subir la moindre invitation à dîner. Je suis popote, comme ma mère.

Non, je ne raffole pas des soirées télé, ni de la lessive ou de la tondeuse à gazon. Mais il ne veut pas le savoir. Si j'avais quelques loisirs, ses libertés auraient moins de saveur. Il préfère sortir seul, cela fait plus jeune. Bien sûr, je peux l'accompagner si je veux. Il suffit que je trouve une personne pour garder l'enfant comme ça au pied levé dans l'heure qui suit. Mais dans le fond, cela ne vaut pas la peine, ce n'est pas mon genre de spectacle, et cela ne me vaut rien de me coucher tard. Il agrémente ses paroles d'une imitation irrésistible du regard de Lee Van Cleef dans *le Retour de Sabata*. Et il sort.

S'il arrive que ce soit moi qui sorte, c'est toute une affaire. Qu'est-ce qu'il y a à manger ? A quelle heure on couche le petit ? Et enfin : « Et moi, qu'est-ce que je vais faire tout seul ? » Mais comme d'habitude, mon chéri, tu vas bouquiner ou regarder la télé.

Ce n'est pas de l'obstruction systématique, on est libéraux, chez nous, libres, égaux et tout. C'est juste un climat de plomb, une toile d'araignée de petits gestes et de menues paroles qui m'enserrent et me gardent en cage.

J'adore sortir, aller dans les cafés discuter des heures avec des copains, manger au restaurant, me tenir au courant de l'actualité et voir les rares bons films qui arrivent jusqu'ici. Le théâtre me fascine. Les longues marches dans les bois ou sur les plages m'aident à oublier les semaines de travail. J'irais volontiers à la pêche, à la piscine ou courir dans la vallée, moi aussi. Il le savait bien avant. Avant quoi ? Avant rien. L'ennui s'est installé tout doucement pour casser notre baraque. Il a pris petit à petit possession du salon. Puis il a étendu ses doigts poisseux sur tous les meubles, sur toutes les heures. Son haleine fétide empeste notre chambre, nos draps. Sournoisement, il se gave de nos habitudes, de nos fatigues et de notre désespérance. Il devient gras, bouffi, lourd et nous écrase sous son corps immonde. Quand le bonhomme est crevé, quand il n'a pas le moral, je lui fous la paix. Je ne lui demande rien. J'empêche le gosse de faire trop de bruit. « Papa est fatigué, mon chéri, va jouer plus loin. » S'il a la frite, il sort en vieux garçon et fait profiter les autres de sa bonne humeur. Il se couche à l'aube et traîne ses maux de tête et son teint bilieux avec rancune le lendemain.

Cela va changer. L'animal domestique rue dans les brancards. Je vais me rebiffer au lieu de pleurnicher en l'attendant. A l'usine je suis capable de tenir tête aux chefs, de remonter le moral aux déprimés, de défendre mes idées. A la maison je devrais filer doux ? J'essuierais ma combativité sur le paillasson et j'endosserais sans mot dire ma blouse de bobonne ? Pas question. Y'a un défaut quelque part.

Je repars au combat.

Mes chaussures prennent l'eau. Je relève le pouce en mettant plus de conviction dans mon geste. Il suffit de s'imposer dans la vie.

Une voiture s'arrête. Chance, c'est une femme qui conduit. La banquette arrière est pleine d'enfants.

« Vous allez vers Saint-Brieuc ?

— A Pordic. Cela vous intéresse ?

— Oui, cela m'avancera, merci.

— Montez. Excusez le désordre. Avec les

enfants, il faudrait nettoyer la voiture tous les jours. »

En effet, le sol est jonché de miettes rassies, de traces de boue et de papiers de bonbons. Les couvertures usées qui dégoulinent sur les sièges dissimulent mal les marques de doigts crasseux incrustées dans le vinyle expansé.

« Dis, maman, c'est qui la dame ? »

Une petite fille barbouillée de chocolat se penche vers moi et m'examine.

« Je m'appelle Maryvonne, et toi ? »

Elle ne daigne pas répondre à mon sourire et s'inquiète :

« Pourquoi elle vient avec nous la dame ? Tu la connais toi, maman ? »

Le grand frère dans les sept-huit ans intervient :

« C'est une stoppeuse. On la prend pour la mettre plus loin sur la route, parce qu'elle a pas d'auto.

— Alors, on l'emmène pas chez nous ? »

Je la rassure :

« Non, je ne vais pas chez toi. J'ai une maison et je rentre chez moi. »

La mère s'excuse :

« Les enfants n'ont pas l'habitude. Je ne prends jamais d'auto-stoppeur. Mais quand je vous ai vue sous la neige, je me suis dit que ce ne serait pas humain de vous laisser là... et puis une femme, c'est pas pareil, ça inspire plus confiance.

— Moi aussi je préférais monter avec une femme. Je ne fais pas souvent de stop. C'est un concours de circonstances. J'ai passé l'après-midi à Paimpol et j'ai perdu mon porte-monnaie. Plus moyen de prendre le car du retour. »

La petite fille paraît préoccupée : « T'as pas de voiture ? T'as pas de porte-monnaie, t'es pauvre alors ? » Nous rions, la jeune femme et moi.

Un bébé dans son siège baquet se tord le cou pour me voir.

« C'est un garçon ou une fille ?

— Un garçon.

— Quel beau petit gars ! »

Que dire d'autre dans ces cas-là ? On a quelques kilomètres à parcourir ensemble, il faut alimenter la conversation.

« Et il a quel âge ?

— Quinze mois depuis deux jours.

— Ils sont drôles à cet âge-là, ils découvrent le monde. »

Ils sont surtout emmerdants, pleurnicheurs, touche-à-tout.

« Vous avez des enfants ?

— Oui, un garçon de quatre ans. »

Cela ne nous rajeunit pas, ma bonne dame !

Le silence s'installe. La pendulette du tableau de bord indique presque cinq heures.

A l'usine, c'est la cohue autour des trop rares lavabos. Les copines terminent la journée en fous rires et jouent à s'éclabousser. Il faut environ dix minutes pour décrasser nos mains. Certaines apportent leur propre savon et un gant de toilette et commencent à frotter avant d'accéder au mince filet d'eau bouillante ou froide qui coule du robinet. « Y pourraient tout de même nous poser un lavabo de plus et avec de l'eau à la bonne température, ces bandes de vaches. » Avec les années d'ancienneté, les cals s'endurcissent, la peau se plisse et les doigts se déforment irrémédiablement.

« Qu'est-ce que tu veux, ma vieille, c'est ça la vie d'artiste, il y a des vicissitudes ! »

Quand on a lavé ses mains et fait son pipi du soir, on retourne à sa place et on attend que ça sonne.

« Les dernières secondes, c'est les plus longues de la journée.

— C'est pas possible, elle recule ou quoi, cette pendule de merde !

— La sonnerie est peut-être en panne. On ne va pas rester planté là pendant des heures.

— Allez, les filles, on s'en va. C'est pas que je m'ennuie, mais y'a mon boulot qui m'attend à la maison.

— Fais gaffe, il y a le chef qu'est au milieu de l'atelier à nous surveiller avec ses sales yeux de cacahuètes.

— Quel vicieux, celui-là. Je suis sûre qu'il est au moins cinq heures deux ! »

On quitte toujours nos postes quelques secondes avant que ça sonne.

Le chef a tout essayé pour nous remettre au pas. Les menaces, le baratin sur la sécurité, les arguments pédagogiques du genre : « Vous n'êtes plus des enfants. » Mais rien n'y fait, à cinq heures moins trente secondes, on n'y tient plus, on s'en va.

Je reprends la conversation.

« Vous ne travaillez pas ? Euh... je voulais dire, vous vous occupez de votre foyer ?

— Oui, je reste à la maison, vous aussi ?

— Non, je travaille en usine. Pas aujourd'hui, mais d'ordinaire à cette heure-ci, je suis encore à l'usine. Cela vous plaît de rester chez vous à vous occuper de vos enfants ?

— Cela dépend des jours. J'ai beaucoup de travail avec trois enfants en bas âge. Mon mari ne m'aide pas du tout. Je n'ai pas d'amie. Souvent, je m'ennuie. Et vous, ça vous plaît de travailler au-dehors ?

— Cela dépend des jours. »

On ne se plaît pas en usine. On l'accepte plus ou moins bien. Certains, certaines ne s'y font pas et craquent, vite, comme les jeunes qui partent au bout de deux ou trois mois, ou lentement, comme les anciens dont l'alcool brûle la tête et le corps.

Un jour, une fille a débarqué à l'atelier. Toute sa personne refusait l'usine. Elle travaillait sur une chaîne de montage près de la mienne. Elle avait des cheveux noirs, trop pour être naturels, un teint très mat, à cause des couches de fards accumulées, des lèvres trop rouges. Elle portait des faux cils extraordinaires, tout cernés d'un bleu intense. Elle avait de faux ongles cerise, du rose aux joues, et semait sur son passage un parfum violent en accord avec le tout.

Les paupières des hommes la bombardent d'appels de phares, leur tête rougeaude tourne sur leurs épaules à en attraper des torticolis, pour suivre les mouvements de la « princesse ». La princesse a des rondeurs bien placées, sans doute trop à son gré, car elle ne se nourrit que de pamplemousses. Trop faible pour tenir le coup, elle a des étourdissements. Le matin à huit heures, elle apparaît, dans l'atelier, moulée dans un tailleur blanc dont la jupe étroite est fendue sur les côtés. Même ses chaussures, des bottes courtes à talons aiguilles, sont parfaitement blanches. Les femmes, estomaquées par tant d'audace, s'empressent de médire de la « grue ». Le turban de satin blanc qui encadre son visage de poupée, plus que tout, déchaîne les passions. « T'as vu la sultane qui monte les brûleurs ! » « Elle est folle, cette fille, c'est pas une tenue d'ouvrière qu'elle porte là. »

Elle a gardé ses habits immaculés et a quitté l'usine.

La neige a cessé de tomber et tartine tout le paysage. On se croirait à la montagne. Je ne suis jamais allée en montagne, les sports d'hiver, c'est trop loin et trop cher, vu d'ici. On se console avec les week-ends dans les monts d'Arrée, notre massif à nous, qui culminent péniblement à 380 mètres.

Les Alpes ne m'attirent pas, les dimensions extravagantes, la neige partout, la glace, non merci. A tout prendre, en rêve, je préfère les plages dorées des Bahamas, les cocotiers d'Honolulu et les bougainvillées antillaises.

Étendue sur le sable chaud, je lézarde sous les rayons du soleil qu'adoucit par moments une légère brise de mer. Le temps m'effleure à peine. Le crépuscule n'en finit plus. Les coquillages me soufflent des chansons douces. Mon corps apaisé ne me gêne plus. Je ne m'occupe que de ma vie intérieure. Mes membres, mon dos, ma tête ne me font plus mal. Et là comme une grosse figue qui sèche sur une terrasse turque, je ne vaux rien. Je ne suis pas plus laide qu'un hippopotame et personne n'ira payer pour me regarder dans un zoo. Je chôme et, sauf pour cause de congés annuels, je n'en ai pas le droit. Je n'existe que dans la contrainte de mon corps. Je n'ai pas de plastique. Je ne suis pas une statue, ni un arbre. Les années ne me donnent pas de valeur, mais des rides. Pour exister, je dois déployer des tonnes d'efforts dans mes membres, porter sur mon dos des heures et des heures d'absence de moi-même. Et pourtant, j'ai tellement envie de beau, de doux, de repos et d'harmonie ! Je m'enfonce progressivement dans une méditation de caramel mou.

« Je tourne à gauche, je vous laisse là ? »

Je me rhabille en hâte. Nous sommes arrivés à Pordic. Je dois quitter le confort de la voiture et recommencer mon numéro d'auto-stoppeuse.

« Oui, laissez-moi là, c'est très bien, merci beaucoup, au revoir. »

Je ne suis plus très loin de chez moi, une dizaine de kilomètres au plus. Je rentre à la maison. Je dois rentrer à la maison. Cela ne se discute pas. Si je trouve un chauffeur complaisant, dans vingt minutes, j'y suis. C'est trop court, je n'ai pas fini mon voyage. Je ne suis pas rassasiée de solitude. Je n'ai rien vécu. Mes rêveries ne m'ont donné que des plaisirs de pacotille. J'aurais pu embarquer pour un pays étranger et me créer une autre vie. Mais il faut croire que c'est en moi aussi que vivent les chaînes. Je n'ai rien appris et je reviens à mon port d'attache.

Sans me presser. Je rentre à pied. C'est décidé. La neige poudreuse me colle aux mollets. Je m'offre un retour pénible, il prolonge ma liberté et l'excuse. Je savais en partant que Paimpol n'était qu'un interlude dans ma vie toute programmée. Veuillez nous excuser de cette interruption momentanée... Je me suis dérangée pour n'être pas dérangée pendant vingt-quatre heures. La saveur des moments agréables s'estompent, la raison, les raisons me reviennent. J'ai eu un instant d'égarement. Je ne le regrette pas. J'avais besoin de casser le rythme de la vie quotidienne, de me détendre, de m'occuper de moi seule. Je me suis défoulée, je me sens mieux. Tôt ou tard reviendra la nausée. Je ne pourrai peut-être plus partir. Je sèmerai les désirs inconvenants dans mon jardin secret. Jusqu'au jour où je ne saurai même plus rêver.

Quelle est cette femme qui bat la campagne ?

Où la conduisent les grandes enjambées qu'elle fait le long de la route ?

Elle rejoint son mari qui l'attend au salon.

Et s'il lui était arrivé quelque chose ? S'il avait pendant mon absence eu un accident de voiture ou de travail ?

Il est grièvement blessé et agonise seul à l'hôpital. Il est peut-être même mort.

A la suite de la nuit sans sommeil qu'il a passée à se tourmenter pour moi, il est arrivé fourbu et nerveux au boulot. Il a oublié de vérifier le système de sécurité de la presse. Ses mains tremblaient. Il a mal disposé la pièce dans l'étau. Il a voulu la remettre d'aplomb et s'est penché vers l'outil. Par inadvertance, son coude a heurté la commande de la machine. La masse de plusieurs tonnes lui a écrasé la tête. Horrible ! La douleur me transperce la poitrine. Je ne suis plus rien. Je suis veuve. L'homme de ma vie a été happé par sa machine. Je n'ai rien pu faire. On a immolé mon amour sur l'autel de la production. Les prolétaires n'ont que leurs chaînes à perdre... On a beau les secouer, elles ne cèdent pas et nous étranglent à la moindre occasion.

Le chagrin, le remords, la colère brouillent mes yeux.

On l'enterre, sans fleurs ni couronnes, comme il l'aurait souhaité. Un camarade prononce un

141

dernier hommage à l'ouvrier assassiné, à l'homme que j'aimais. Je suis seule. Terriblement. La famille, les amis en pleurent un autre. Mon petit garçon sanglote à mes côtés sans bien comprendre ce qui lui arrive. Je n'ai plus rien à faire ici. Je pars au hasard, loin de la pitié. Je suis folle. Une telle horreur ne peut pas se produire, ce serait si épouvantable.

Mon amour, ne meurs pas, j'arrive, je t'aime.

Je cours dans la neige, trébuche, manque de me cogner contre un panneau de signalisation et reprends mon allure normale. T'es pas claire dans ta tête, Maryvonne !

Je commence à souffrir des pieds à force de marcher. Il est aride le chemin du retour de la femme prodige. Je me traîne jusqu'à la borne kilométrique la plus proche : SAINT-BRIEUC - 4 KM, et m'assois dessus.

Je fais le point. J'ai la corde au cou, la tête fêlée, l'estomac dans les talons et des ampoules aux pieds. Rien de tragique. J'oublierai tout ça bien vite.

Je rentre à la maison. C'est plus difficile que d'y être simplement, tous les jours. C'est moins évident. Et si je ne rentrais pas ? Si, dans mon élan, malgré mes pieds meurtris, je traversais Saint-Brieuc, puis Rennes, puis Paris, puis toute la France à pied, sans m'arrêter. Je referais mille fois ma vie et ne vivrais jamais vraiment. De routes en sentiers divers, je découvrirais des soleils levants de toutes les couleurs. Dans les bouts du monde, j'éparpillerais mon passé et per-

drais mon nom. Je finirais par n'avoir plus peur
de rien. Avec l'insouciance pour bagage, les délices
seraient à portée de main. La seule puissance de
mes désirs briserait les obstacles. Je ne serais de
nulle part et sans avenir.

J'apprendrais à parler vingt langues et je
vivrais aussi bien dans un village taï, qu'avec
les Berbères ou les descendants des Incas. Sur
mes vieux jours, je ferais le récit de mes aventures dangereuses et palpitantes. La malaria et
les prisons boliviennes, la descente du Nil en
pirogue et les famines d'Asie, la mise à sac des
temples d'Angkor et les massacres perpétrés par
les despotes africains. Je danserais la rumba à
Cuba. Je fumerais l'opium à Hong Kong et le
chanvre à Karachi. Je tomberais dans les bras
d'un révolutionnaire angolais aux muscles longs.
J'explorerais tendrement le corps de gazelle d'une
jeune Kabyle aux yeux bleus.

Une vraie vie de patachon international.

Ou alors je choisirais une vie d'ascète. Une
retraite dans un coin peinard du Tibet ou des
montagnes de l'Azerbaïdjan. Un désert total avec
pour seul abri une bergerie désaffectée où j'éten-
drais, sur la terre battue, un sac de couchage
miteux. Je vivrais de racines et de baies sauva-
ges. Je renoncerais, dans une forte élévation de
l'esprit, à toutes les vanités de ce monde : l'argent, les loisirs poussifs, les plaisirs ambigus
du commerce de mes contemporains. J'écarte-
rais par ma volonté les désirs suspects et les
ambitions égoïstes et vénales. Tous les biens

matériels me seront indifférents, mon corps même deviendra superflu. Je finirai par jeter mon sac de couchage et par dormir directement dans le froid, allongée sur les pierres.

Tout cela est possible. J'en ai entendu parler. Des voyageurs, des écrivains, des reporters ont décrit des aventures pareilles. Il suffit que je les croie sur parole. Ma vie ne se lit pas dans un guide touristique, il faut que je m'y fasse. Des joies raisonnables m'attendent au tournant, là, derrière la colline.

Mon fils apprendra à lire. Bientôt, aux beaux jours fériés du printemps, nous irons pique-niquer en famille dans la forêt. En prenant un crédit sur deux ans, nous achèterons une nouvelle voiture. Les camélias vont fleurir. Il y aura des robes légères dans les boutiques de la rue piétonne. Je m'en offrirai une. J'aime être jambes nues, mais je suis frileuse et les heures où mes mollets prennent l'air sont comptées. Même l'été, les jours sans vent sont rares. Sous une jupe ample, mes cuisses aspirent goulûment le chaud courant d'air de la marche. Assise, mes genoux se frottent l'un contre l'autre, juste pour le plaisir de sentir leur peau, et se serrent très fort jusqu'à ce qu'une goutte de sueur perle entre eux. Je mets des slips trop grands qui bâillent à l'entrejambe et laissent circuler librement des brises parfumées. Mes jupes pudiques descendent sur mes mollets et les effleurent d'un doux balancement. Dans les jardins, les champs, les grandes herbes s'insinuent entre mes jambes pour des caresses indiscrètes. Ma peau, cachée sous le tissu sage, se détend, s'adoucit, jouit de sa liberté.

Le soir, on fera des repas entre copains, avec des sardines grillées et des gâteaux maison. Si je regarde un peu plus loin, j'aperçois les congés qui approchent. Dans cinq mois, nous aurons trois semaines de liberté. On prend la tente, le camping gaz, les shorts et à nous la belle vie. Nous aurons plus de temps pour parler, nous retrouver peut-être. L'été aidant.

Une fois, c'était au début du mois de juin, le soleil faisait de l'usine une fournaise, la sueur coulait à nos pieds. Il y avait de petites flaques près des établis. On travaillait dans la torpeur entre deux aller et retour au lavabo pour se rafraîchir. La poussière nous piquait le nez, les yeux, la gorge. On la voyait danser, compacte, dans les rais de lumière qui passaient à travers les toits de tôle.

Dehors, il faisait bon, l'herbe embaumait l'air en se desséchant. Les journées s'allongeaient paresseusement jusqu'à onze heures du soir.

Il est venu me voir à l'atelier et m'a dit tout bas : « A une heure, on prend un bon de sortie et on va à la plage, t'es d'accord ? » Follement d'accord, que j'étais !

Nous sommes sortis sous prétexte de démarches administratives et nous avons fui l'usine en chantant à tue-tête dans la voiture. « Les cons, ils restent au boulot ! Ils ne savent pas ce qu'ils perdent. » Nous on perdait deux après-midi de salaire, mais on est si peu payés qu'on ne perdait pas beaucoup.

Nous nous sommes étendus l'un près de l'autre sur le sable à Binic. Le soleil pénétrait tous les pores de ma peau. Nous étions tout engourdis de chaleur. Son sexe ému bandait sous son maillot de bain. La joie d'être là, échappés, s'ajoutait à la volupté du sable qui coulait entre nos doigts.

Le lendemain, à l'usine, nos coups de soleil faisaient froncer les sourcils.

Je me promets encore des quantités de ces plaisirs-là !

Sur la borne, j'empile les bonnes résolutions. Dorénavant, je serai courageuse.

A l'usine, il faut relancer la campagne pour une réduction du temps de travail. Si nous ne faisions plus que trente-cinq heures par semaine, ce serait une victoire. Ce serait encore trop. Trop de fatigue, trop de bruit, trop d'humiliation.

J'irai gueuler pour que nous ayons plus de lavabos. Il n'y a pas de petites revendications, il n'y a que la volonté de ne pas courber le dos.

Je ferai du sport, un petit régime et des efforts de maquillage. Je lirai des bouquins d'histoire, pour ma culture. J'aurai des pensées claires, positives, au lieu de laisser mon esprit s'enfouir dans une nébuleuse de rêverie et d'émotions. Je choisirai un thème de réflexion le matin en m'éveillant et j'y consacrerai ma journée, tout en faisant mon rendement sans m'énerver.

Je serai plus attentive en réunion syndicale, plus active. Trop souvent, j'ai peur de mal m'exprimer, de n'être pas comprise, de ne pas penser comme il faut. Certaines fois, je finis par croire que je n'ai pas d'idées. Je me laisse endormir par les grands mots de ceux qui savent argumenter, même si je ne suis pas d'accord. Je me laisse séduire, réduire.

J'aurai besoin aussi de me préserver des moments de solitude. Je dirai : ce soir, je sors. Je n'irai plus à la limite de mes forces. Je ne ferai plus la tête et je ne râlerai plus pour un oui ou pour un non. Je serai exemplaire et heu-reuse.

Est-ce possible ? Ma vie pourra-t-elle m'appartenir un jour ?

Je vais aussi écrire à Jean-François. Une belle lettre avec un peu d'analyse-de-la-situation-concrète et beaucoup de chaleur humaine. Une lettre racoleuse sur les bords, mais dans le fond, sincère. Il aura envie de me revoir. Il croira faire les premiers pas.

Un de ces midis où il fait meilleur dehors que dedans et où il est si dur de retourner à l'atelier, il m'attendra à la porte. Je reconnaîtrai de loin sa silhouette mince et ses yeux verts, mais je ne le regarderai pas tout de suite. Je ferai celle qui, comme si de rien n'était, marche vers l'usine. Par coquetterie, je plaisanterai avec les copines pour qu'il me voie rire. J'aurai l'air détachée, gaie et peut-être désirable. Au dernier moment, je m'avancerai vers lui, sans m'étonner. Il m'entraînera à l'écart, loin des grilles, loin de la zone et il me dira : « Viens, on part au Nicaragua, j'ai besoin de toi. »

Je prendrai juste une petite valise et un dictionnaire d'espagnol. Nous partirons en avion le jour même. Lui, beau et serein, moi, éblouie mais calme. Nous rencontrerons des paysages et des visages aux multiples richesses. Nous dormirons ensemble sans nous toucher pour n'éteindre aucun désir. Il m'aimera et je serai une héroïne passionnée... poil au nez !

Je ne lui écrirai pas. Il penserait que je le drague. Ce serait à lui d'écrire. Mais je ne suis plus gréviste et trop ordinaire. Je ne suis bonne qu'à causer pour pas un rond dans un journal. Lui il signe et moi je retourne à ma machine. Je visse et il cultive ses grands principes généreux. La terre aux paysans, l'université aux étudiants, l'usine aux ouvriers. Je n'en veux pas de cette usine pourrie. Je veux des livres et des stylos, moi aussi, pas des boulons socialistes.

Tout le monde nous surveille. Tout le monde me guette. Qu'est-ce qu'ils ont tous à s'agripper à moi. Ils me pompent l'air tous ces autres. Je ne veux plus voir personne. Je ne veux être utile à personne.

J'en ai marre des :

« Maryvonne, où t'as mis mon pantalon ?

— Maman, j'ai faim.

— Maryvonne, tu peux taper ce tract à la machine ?

— Maryvonne, à dix heures vous irez remplacer madame D... sur la chaîne.

148

— Maryvonne, tu peux venir avec moi, voir le chef d'atelier, il ne veut pas me donner mes congés en août ?

— Maryvonne, tu penseras à échanger mes chaussures à la coop, je me suis trompé de pointure.

— Maryvonne, tu diras à ton mari qu'il passe me voir un de ces quat'.

— Maryvonne, les frites, tu les fais à l'huile ou à la Végétaline ?

— Maryvonne, qu'est-ce que t'as, t'en fais une tête, t'as pas le moral ?

— Maryvonne, j'en ai ras le bol. Comment peut-on faire pour quitter l'usine ? »

Laissez-moi tranquille. Laissez-moi me taire ! Occupez-vous de vos oignons ! D'abord, quitter l'usine, cela ne se fait pas. On y entre pour deux mois et on s'y consume pendant quarante ans.

Dans les premiers temps, on continue plus ou moins à chercher autre chose. Les femmes voudraient être vendeuses ou employées de bureau, c'est plus propre. Quelquefois, on se prend à rêver de ne plus travailler du tout. Peut-être que si je me concentre très fort, les numéros gagnants du prochain tirage du loto vont m'apparaître. 3, 15, 19, 21, 32, 37, et des millions à ne savoir qu'en faire. Mais c'est improbable, si j'étais faite pour avoir de la chance, je le saurais.

On peut aussi se faire entretenir. Je divorce de mon OS misérable et j'épouse un directeur de n'importe quoi, plein aux as.

« J. F. avec enf. bon physique. Gentille. Aimant

tous loisirs. Renc. homme 45/50 ans ou plus, bons revenus, pour union durable. » Je me mets à mon compte. J'habite une villa très chic avec vue sur les falaises et mobilier de style. Je m'offre des matinées bien grasses et des robes bien coupées. Je participe à des activités sociales dans le genre unions de consommateurs ou planning familial. Ceci pour garder le contact avec la réalité et faire œuvre utile. Je m'inscris à des cours d'après-midi pour parfaire ma culture. Je voyage. Le mec fait un infarctus et crève très vite en me laissant les fonds de son assurance-vie. Je prends mon ex comme amant et je le reçois au champagne, car je n'ai jamais pu oublier le bon temps des passions ouvrières. Et ainsi de suite jusqu'à plus soif.

Vers cinquante ans, en pleine forme, je retourne à l'usine pour revoir la tête des copains et rigoler avant de devenir vieille. Je suis un peu cynique mais, sans rire, il me faudrait au moins une vingtaine d'années de vacances.

Comme c'est écrit au stylo feutre sur la porte d'un wc à l'usine : « Il y a des années où l'on n'a envie de rien faire ! » Et pourtant on fait. Le boulot et le reste. Ces années-là, on les passe malgré tout, plus ou moins mal. On bosse et on pense à autre chose.

Je ne sais que rêvasser. Je suis incapable de prendre une autre voie. Je ne sais pas si je préfère la ville ou la campagne. Je fais semblant d'hésiter entre un voyage autour du monde et une retraite solitaire. Je voudrais être libre et je ne peux pas vivre sans homme et sans amis. Je m'imagine en aventurière et je m'affole pour un porte-monnaie perdu. J'aime les belles dames mais je méprise leur vie de parasite et je passe ma vie dans des blouses sinistres pleines de taches.

Je me pose des questions stupides, je me triture l'esprit avec des angoisses insolubles. J'emmerde tout le monde avec mon sale caractère et je voudrais qu'on m'aime comme une sainte. J'enrage d'être à l'usine année après année, mais je n'ose rien tenter pour en sortir. Apprendre un métier ? Comment ? Quel métier ? Dactylo ? Infirmière ? Aucun ne m'intéresse. Je ne me passionne que pour ce qui m'est inaccessible. Et je crois que tout mon drame est niché là, au creux de mes mains, je n'aime pas le travail manuel.

Il me suffira d'attendre que, lentement, de contraintes en prétextes, de chimères en balivernes, je devienne vieille. Pas vieille. Finie, usée jusqu'à la corde et n'ayant toujours rien à raconter qu'un balbutiement de vie, à peine triste. Je serai apaisée, sans mémoire. Ma tête n'égrènera plus que des minutes de silence et mon cœur, qui n'est qu'un muscle, n'aspirera qu'au repos. Je mourrai recroquevillée. Ce sera bien. Ce ne sera la faute de personne.

Je n'en suis pas là. J'ai encore des jours et des années à faire. Je vais vivre encore et aimer de cet amour béquille l'homme qui est dans ma maison.

Je dépasse le panneau Saint-Brieuc. Saint-

Brieuc, sa cathédrale, sa baie magnifique, ses luttes ouvrières. Les ouvriers bretons disent merde aux patrons ! bof...

Après le virage, ma maison m'apparaît, ni grande ni belle, moyenne. La lumière est allumée dans la cuisine.

Mes pas s'allongent. On s'attache à son chez soi, chez nous, chez moi, quand on n'a que ça pour se réfugier. Les amertumes et les espoirs aussi s'y concentrent. L'amour désespéré et toujours trop fade mijote dans le bouillon du pot-au-feu. Mes casseroles m'appartiennent. Je suis un peu propriétaire. Repliée au fond de son lit, on se sent en sécurité s'il pleut dehors.

Il est là. Il m'attend. Il a couché l'enfant de bonne heure et il s'applique à cuisiner un repas pour nous deux. Il sait que je vais rentrer. Il sent mon approche. Il lance un coup d'œil à travers la fenêtre et essaie de percer la nuit pour me voir arriver. Je le devine attentif aux bruits du dehors, guettant mon entrée, anxieux malgré lui, mais sans rancune.

J'ouvrirai lentement la porte.

Je m'avancerai vers lui en souriant. Soulagé, il me regardera revenir en prenant l'air de rien.

Je dirai simplement : « J'ai envie de toi. »

Il me prendra la main, passera ses doigts dans mes cheveux et attirera mon visage contre son épaule.

Bouleversée par la chaleur de son corps retrouvé, je le serrerai contre moi. Nous ne dirons pas un mot. Je laisserai peut-être couler une larme de joie.

Je caresserai sa nuque. Il glissera ses mains sous mon pull et remontera doucement vers mes seins.

Déboutonnant sa chemise, j'irai mordiller ses minuscules tétons perdus dans le duvet de sa poitrine. Il rejettera la tête en arrière et rira de plaisir.

J'embrasserai chaque cil, chaque pli de ses paupières closes. Je lécherai le lobe de son oreille. Ses doigts plongeront vers mon sexe capricieux et épanouiront mon désir.

J'explorerai la douceur de ses aisselles sous ma langue. Je boirai sa salive sucrée et m'en enivrerai.

Il me tiendra par le cou d'une main et ma tête éclatera en mille désirs de lui.

J'irai charmer le creux tendre de ses reins et j'y frotterai ma paume jusqu'à ce qu'il mouille de plaisir.

Il écartera d'un doigt les lèvres en feu qui dissimulent mon vagin.

Nous serons nus, l'un contre l'autre. Nos corps avides n'auront plus de frontière. Il me soulèvera et m'assiéra sur la table. Le contact froid de la toile cirée stimulera encore mon désir.

Doucement, aisément, son pénis raide, son phallus brûlant, me pénétrera. Je sentirai nos sangs cogner à l'unisson, d'un rythme rapide et contenu.

Je presserai ses hanches contre mon ventre. Chacun unique dans nos plaisirs confondus, nous mêlerons nos bras, nos jambes en un accord inouï.

Nous nous attendrons.

Puis un immense soleil jaillira de nos sexes trop pressés. Nous nous embrasserons, fous de joie. Prêts à recommencer.

L'amour.

Tout est possible.

Je t'aime.

La porte. Ma porte est là, face à moi. Je n'ose plus bouger. L'émotion me paralyse. Dans un instant...

J'introduis la clé discrètement. Le cœur battant, je pousse la porte. Pas un son dans la maison. Je me dirige vers la cuisine. Silence. Immobilité. Personne.

Un petit mot griffonné sur la table :

> « J'ai besoin, moi aussi, de quelques jours de repos et de réflexion. Le gosse est chez ta mère. Je t'embrasse. »

Tout chavire.

Qu'est-ce qui m'arrive ?

Larmes qui montent. Haut-le-cœur.

Vite, un siège.

Ce con, il est parti en oubliant d'éteindre la lumière !

table

IMPRIMERIE BUSSIÈRE À SAINT-AMAND (3-87)
D.L. 2ᵉ TRIM. 1981. Nᵒ 5869-4 (588)

Collection Points

SÉRIE ROMAN

DERNIERS TITRES PARUS